目次

※この作品は竹書房文庫のために
書き下ろされたものです。

第一章　巫女に捧げる童貞

1

三月を迎えたその日、酒巻亮一《さかまきりょういち》は自転車で故郷の道を走っていた。

どこに向かうというあてもなく、ただただ有り余ったエネルギーを使うためだけにペダルを漕《こ》いでいる。

（今日はどこへ行くかな？）

道の周囲には畑や果樹園があり、その向こうにはいまだ白い綿帽子をかぶった東北の山々がひろがっている。

亮一は東京の大学に通う二十歳《はたち》。大学の春休みに、故郷であるこの宮城県の山沿いにあるA町に帰郷した。

大学の春休みは長く、二月末から四月頭まである。亮一は休みになってすぐに田舎《いなか》に戻ってきた。なぜなら、ここに住んでいる糸原美宇《いとはらみう》に逢いたかったからだ。

美宇は高校の一学年下で、同じ弓道部の後輩だ。

赤いリボンを黒髪に結んで、弓を引く、そのかわいくも凛々《りり》しい姿に心惹《ひ》かれ、どんどん好きになっていった。

亮一は卒業間際に、思い切って、彼女に告白した。そのときは、

『酒巻先輩のことは嫌いじゃないです。でも、わたしまだ男の人とつきあう準備ができていなくて……もう少し待っていただけませんか？』

と、美宇に言われた。

だから、亮一は待った。

東京の大学に進んだあとも、ガールフレンドができなかった。二十歳になってもまだ童貞であるのは、美宇の言葉が頭に刻み込まれていたからだ。それに……。

亮一は日常生活では、「やさしすぎる」とか「押しが弱い」と評されるほどに引っ込み思案で気が弱く、とくに東京のような自己主張しないと存在感を認めてもらえない都会では、友だちや恋人と呼ぶことのできる存在はなかなかできなかった。

現在、美宇は仙台にある短期大学の看護科で、看護の勉強をしている。看護師にな

るのが夢だと言っていたから、その道を着々と進んでいるのだろう。

彼女のナース服姿を想像するだけで、胸がときめいた。

去年は二度しかデートできなかった。

だから、帰郷してすぐに美宇に逢いたかった。短期大学であり、また実習もあって、美宇はとても忙しいようだった。だが、短期大学も三月中は休みと聞いていた。

連絡を取ってみたが、美宇はちょっと事情があって、すぐには逢えないということだった。

（何か、どんどん疎遠になっていく感じだな。もっとも、最初から深い関係でもないんだけど……）

二人はつきあっていると言えるのだろうか？

（そうだ。今日は「男茎《おはせ》神社」に行こう。恋愛成就を祈願して、お守りでも買ってくるか……）

亮一はペダルを漕ぐ足に力を込めた。

宮城県の平野と山地の際にあるこの町は、ビニールハウス栽培の野菜を含めた農業や果物栽培などが盛んで、山登りをするための基地となる温泉宿も随所にある。

他にも、大きな飲料メーカーの工場などが建っているし、焼肉屋のチェーン店もある。

しかし、全国的に有名なものは、特徴のある二つの神社だ。

今から向かう男茎神社は、名前のとおり、男根、すなわち男性器を祀《まつ》る神社で、境《けい》内《だい》には石や木製の様々な男根がにょきにょきと生えていて、誰もがびっくりしてしまうものがあった。

三月末に行われる豊年祭には、大男茎《おおおはせ》と呼ばれる巨大な木製の男根が載せられた神《み》輿《こし》が出て、それを厄年の男が担ぐ。そのあとには、巫女《みこ》装束の女性が木彫りの男根を抱えてパレードする。

亮一も地元だから小さい頃からこの祭りには慣れ親しんできた。

最初は無邪気に喜んでいたが、高校生になってからはさすがにちょっと恥ずかしくなった。本来、おチンチンとオマンコは隠してこそ、のものだろう。

それなのにこの祭りでは、長さ二メートルほどの巨大おチンチンが神輿になり、しかも、巫女が抱えた五十センチほどのリアルな木彫りの男根を、沿道の人々、とくに女性が「きゃあ、きゃあ」と言いながら、我先にと触れたがるのだ。

もちろん、巫女の抱えた男根にタッチすれば、子宝に恵まれるとか、恋愛が成就するという御利益が謳《うた》われているから、その気持ちはわかる。

しかし、木彫りで表面がつやつやした男根に触れるときの女性の表情は、いきいきしていて、たんに子孫繁栄のためではないように感じる。

たぶん、女性は根っから男のシンボルが好きなのだ。おチンチンの神輿を目にした瞬間に、瞳が輝く。

残念ながら、亮一はまだ童貞で、女体を知らないから、はっきりとはわからない。それでも、多くの女性は本能的におチンチンが大好きだということはわかる。

それに、この町には男茎神社と対をなす「玉門《ぎょくもん》神社」がある。

小さい頃は、玉門が何を意味するのかわからなかった。玉のように輝く門だから、きっと立派な門だろうとぼんやりと思っていた。

実際に、中国には玉門という門があったらしい。それが転じたのかどうかははっきりしないが、玉門が女性の陰部、陰門、すなわちオマンコを意味することを知ったときには、啞然としたものだ。

まさか、神社がそんな露骨な名前をつけるなんて、信じられなかった。だが同時に、なるほど、それで二つの神社は一対になっているのだと納得ができた。

実際に行って、そのつもりで見ると、確かに女性器らしい石や木々などが境内に陳列してあった。もっとも、亮一は実際に女性器をナマで見たことがないから、似ているんだろうなくらいしか思わなかったが。

玉門神社の豊年祭では、オタフクの口のところが女性器に模された大きな張りぼての前に、文金高島田を結った花嫁の座った車がパレードする。

玉門の意味を知るようになると、父や母が、亮一に玉門神社の祭りを見せようとしなかった理由がわかったような気がした。

地元の人間としては恥ずかしいような奇祭だが、豊年祭のときには、外国人や全国津々浦々から人々が大挙して押し寄せてきて、沿道を埋め尽す。

そのときの異様な熱気は、亮一もよく知っている。

この二日間の祭りで、観光客がどっと増え、町は彼らが落としたお金で潤うのだ。

(豊年祭まで一カ月を切ったか……)

亮一は四月頭までここにいるつもりだから、観客のひとりとして参加することになる。

赤く塗られた大きな鳥居《とりい》が見えてきて、亮一は駐車場に自転車を止めて、鳥居を潜った。

境内の玉砂利を踏んで、手水舎《ちょうずや》で手と口を清め、拝殿に進んだ。

拝殿の鈴もペニスの亀頭部そっくりに作ってあり、拝殿の奥には長大な黒光りする木彫りの男根が横たわっていた。

このくらい徹底されると、もう笑うしかないという気持ちになる。

亮一は亀頭部の鈴を鳴らし、お賽銭《さいせん》を投げ、それから、二礼二拍一礼する。

手を合わせながら、恋人ができますように、美宇とつきあえますようにと祈った。

心から祈願して、拝殿を離れ、神札所に向かう。

そこには普通のお守りや御札と並んで、女性器や男性器をかたどった鈴やお守りが売られていて、ちょっと異様な光景だ。

亮一は恋愛成就と記してあるごく普通のお守りを選んで、巫女さんに差し出した。

ちょうどそのとき、奥から見知った女性が出てきた。

（えっ、千香子《ちかこ》先輩……！）

榎田《えのきだ》千香子は白衣に緋袴《ひばかま》をはいて、長い髪を白い紙のようなもので細長く、ポニーテールのように結い、それを紐のようなもので縛《しば》っている。そう、完全に巫女の格好だ。

（なぜ千香子先輩が巫女に！　会社に就職したと聞いてたけど……）

唖然としていると、千香子が声をかけてきた。

「あらっ、酒巻くんじゃないの。どれどれ、どんなお守りを買ったのかな？」

千香子は包まれようとしている恋愛成就のお守りを見て、

「恋愛成就？　怪しいな。誰かお目当ての女の子がいるんだ？」

にこっと微笑んだ。

いつもこうだ。こちらのことなどお構いなしに内面にヅカヅカと踏み込んでくる。普通なら嫌われるのに、この人にそうされてもいやだとは思わない。むしろ、気持ちがいいくらいだ。

きっと、それは千香子がきりっとしていながらも、どこか優美さをたたえた、背の高い美女であり、なおかつ、性格がさっぱりしているからだろう。

「きみ、東京の大学に行ってるんでしょ？」

神札所から、千香子が気軽に声をかけてくる。

「ああ、はい」

「春休みで帰郷してるんだ。バイトとかしてるの？」

「いえ、今のところは……」

「そう、ちょうどよかった……ちょっと話があるの。そこで、待っていて」

千香子が神札所から姿を消した。

（話って何だろう？）

頭をひねりながら、お守りをウエストポーチに入れる。

近づいてくる千香子を目にして、その神々しいほどの姿に見とれてしまった。

巫女は白い着物に、胸のすぐ下から緋色の袴をはく。巫女の袴は基本的に行灯《あんどん》式、つまりスカートと一緒なので、ついつい袴の内側を想像してしまう。

千香子は元々すらりとしているせいか、その緋袴がすごく長く見える。

それに、つやつやした漆黒の髪が白い和紙で長く結われている様子が、とても神聖でありつつも美しく、ドキドキしてしまう。

二人で奥宮のほうに向かった。

「酒巻くん、大学で弓は引いているの？」

千香子が話しかけてくる。

「いえ、していません」

「そう……」

「先輩は？」

「わたしは、今も時々、引いているわよ。時間があるときは、高校の弓道部を教えにいっているしね」

千香子が緋袴の足にまとわりつく裾《すそ》を巧みに捌《さば》きつつ、微笑みかけてくる。

そうだった。亮一が千香子と知り合ったのも、高校の弓道部の夏合宿だった。

千香子は高校生のときに県大会の個人で二位に入ったほどの実力者で、母校の弓道部を愛しつづけていて、夏合宿には必ずと言っていいほど来て、ＯＢとして指導してくれた。

千香子は亮一より七つ年上だから、部活以外では二人は決して出逢うことはなかっただろう。

亮一は今も覚えている。

そのはきはきした物言いと、きりっとしていながらも、どこか優美さを備えた容姿を。指導力は抜群で、千香子のコーチを受けると、自分が明らかに上達したことが感じられた。

弓の弦をきりきりと引き絞り、的を狙うときの、千香子の凜々しい姿に、感動と昂《こう》奮《ふん》を覚えた。

美宇のことを好きになる前は、ひそかに千香子先輩の裸を想像して、オナニーしていた。弓を引くときは袴をはくから、考えたら巫女と同じような格好なのだが、あのとき、亮一の頭のなかで千香子は裸にされていた。

今、巫女装束をつけた千香子を目にして、ひそかに昂《たかぶ》っているのは、きっと弓道部で弓を引いていた先輩と重ね合わせてしまっているからだろう。

道すがら、亮一はどうしても訊《き》いておきたかったことを口にした。

「あの……先輩はいつから巫女さんをおやりになっていたんですか？」

「大学を出て就職したんだけど、そこの上司がバカばっかりだったから、すぐに辞めちゃった。しばらく暇してたら、叔父さんにうちの神社で巫女として働かないかって誘われて。うちの叔父、ここの宮司《ぐうじ》なのよ……前にも、年末年始やお祭りのときはここでバイトしていたからさ。働いてないと、両親も煩《うるさ》いしね……もう三年になるかな。今は巫女長をやらされているわ。それに、わたし巫女舞が上手いから、重宝されているのよ」

千香子がすらすらと言う。

（なるほどな……）

亮一は納得した。千香子なら、会社の上司と揉めそうだ。それに、元々袴をはくことに慣れていたから、この巫女という仕事に違和感はなかっただろう。

緋袴姿が決まっているし、運動神経もいいから巫女舞も難なくこなすだろうし、指導力もあるから巫女長はぴったりのような気がする。

奥宮には、つるつるの石でできた球状の玉がふたつ祀ってあって、右の玉に触れると、家内安全、商売繁盛。左の玉を触ると、恋愛成就、子宝、夫婦和合の願いが叶《かな》うと言われている。「珍宝窟《ちんぽうくつ》」と呼ばれているが、それが男の睾丸を模していることは誰の目にも明らかだ。

「きみ、恋愛成就したいんでしょ？　左のタマを撫でておいたほうがいいわよ」

千香子に言われて、亮一はちょうどボーリングの球くらいの大きさの石を撫で、五円のお賽銭を入れた。

すると、どこからかチーンという音がした。ここはお賽銭を入れると、この音がするのだ。ウソみたいだが、本当の話だ。

亮一は手を合わせて、美宇と上手くいきますようにと祈った。

それから、千香子はそそりたっている、ペニスを模した細い木を眺めながら、左右の玉をやさしく撫でまわした。

それを見ているうちに、まるで自分の睾丸を撫でられているような気がして、股間がもぞもぞしてきた。

千香子は二礼二拍し、手を合わせて拝んだ。

その姿が決まっていて、亮一は魅了されてしまう。

「じゃあ、本題に入ろうか。じつは、うちの神社、今、男性のアルバイトを募集しているの。知ってのとおり、三月末の豊年祭にかけて、すごく忙しくなるのよ。きみ、暇みたいだから、やってくれないかな？　東京にはいつ戻るの？」

「ええと、四月の頭ですが」

「それなら、ちょうどいいわ。うちのバイトも三月末の祭りで終わりだから」

「……でも、神社に男のバイトがする仕事なんてあるんですか？」

「あるわよ、いっぱい。掃除とか力仕事とか……とくに今は祭りの準備が大変なのよ。大男茎形《おおおはせがた》の神輿の準備とか……。氏子《うじこ》への祭りの通知も出さなきゃいけないし……うちは、もともと巫女が少ないから大変なのよ。お願い、亮一くんなら、生真面目な性格もわかっているし。わたし、巫女長やってるでしょ？　誰かいい男のアルバイトがいたら、紹介してくれって言われているの。きみなら、何の心配なく推薦できる」

「……どうしようかな。千香子先輩のたっての頼みだから、もちろん、聞き入れたいですけど……俺なんかで務まるかな」

亮一はこの神社で働くことに、若干の恥ずかしさを覚えていた。それに、忙しくなったら、美宇との時間が持てない。

「大丈夫。わたしが助けてあげるから……来て」

亮一は千香子に奥宮の社《やしろ》の裏手に連れ込まれた。

エッと思った直後、キスされていた。

千香子は白衣から伸びた手で亮一の顔を両側から挟みつけるようにして、唇を合わせ、ちゅっ、ちゅっとついばむようなキスをした。

亮一はただただ唖然としていて、何もできない。

すると、千香子はうふっと白い歯をこぼして、

「ひょっとして、亮一くんって童貞？」

大きいが目尻のすっと切れあがった目を向けてくる。

「あっ、いや……その……」

「その慌てぶりからすると、まだ童貞くんみたいね。じゃあ、こんなこともされたことない？」

千香子はまた唇を重ねながら、ズボンの股間に触れてきた。

キスされながら、布地越しに股間をさすられると、分身がぐんと力を漲《みなぎ》らせるのがわかる。

（俺は夢を見ているのか……？）

弓道部のリスペクトする先輩でもある巫女さんに、神社の境内でキスされ、股間をいじられているのだ。

美宇とデートの真似事をしたときに、一度だけ手を握って、かるいキスをしたことはある。だが、本格的なキスは初体験だ。もちろん、股間を触られたこともなかった。

（それなのに、今……！）

千香子の唇はとても柔らかくて、そのぷるるんとした感触がたまらなかった。なめらかな舌が唇や間を這い、ぞわぞわした感触が下腹部にも及ぶ。

ますますギンとしたイチモツを千香子は情熱的にさすりあげ、ズボン越しに肉茎をつかんで、さかんに擦りあげる。

（巫女さんみたいな神様に仕える人がこんなことしていいのか？　神社のなかで、色仕掛けで、誘っていいのか？）

そんな気持ちはあった。が、それは圧倒的な快感の前では風前の灯火でしかなかった。なめらかな唇が遠ざかっていき、

「……うちで働いたら、きっといいことがあると思うわよ。ねっ、いいでしょ？　どうせ暇なんだし、お金だって溜まるし、いい事だらけじゃない。時給だって、他のバイトよりいいと思うわよ……ねえ、先輩の頼みを断るなんてことはしないわよね」

巫女姿の千香子にそう囁かれ、股間を情熱的にさすりあげられると、気持ちが大きく傾いた。

それに、家は父が会社員で、母が果樹園を手伝って、両親共働きでひとりっ子の亮一の学費や家賃を工面し、仕送りまでしてくれている。

この春休みにバイトができたら、その助けにはなる。

「わ、わかりました。やります」

亮一は力強く宣言する。

「よかった。期待してるわよ」

千香子はそう言って、またキスをしてくる。

今度は舌が潜り込んできた。甘い吐息とともに唾液まみれの肉片が、ちろちろと舌をさぐってくる。おずおずと舌を差し出すと、そこに千香子の舌がからみ、そのくすぐったいような快感で、亮一はぼぅとしてしまった。

長いディープキスを終えて、千香子はようやく身体を離し、

「じゃあ、早速、社務所で手続きしようか」

口角をきゅっと吊りあげると、先に立って歩きだした。

亮一も股間を突っ張らせながらも、あとをついていく。

今から事務手続きをする人は、矢代《やしろ》まり江《え》という三十八歳の事務長で、とても力を持っている人だから、気に入られるようにと言われた。

神札所の裏手にある社務所には、幾つかのデスクがあって、そのひとつに白衣に緑色の袴をはいた、やけに色っぽい熟女が座っていた。

一見、穏やかそうな顔つきで、巫女みたいに長い髪を後ろで和紙で束ねている。

巫女と違うのは、袴の色だけだ。

この人が、矢代まり江なのだろう。見た目は癒《いや》し系のおっとり型の美人だが、目の奥にはちょっと冷たいものが宿っているような気がする。

「事務長、男子のアルバイトを連れてまいりました。今度の祭りまで、やってくれるそうです。わたしの高校の後輩で、弓道を教えたこともあるんですが、誠実で生真面目な子なので、一生懸命やってくれることは保証します……酒巻亮一くんです」

千香子が、紹介をしてくれる。

まり江はちらりと亮一を見て、やさしげな声で言った。

「男っぽくないところが、いいわね。神職に向いているわ。それで、酒巻さんは、大学生？」

「ああ、はい……東京の大学に行っていまして、今は春休みで帰郷しています」

「……じゃあ、東京に戻るのは、四月の頭でいいのね？」

「はい……」

「神職に興味があるの？」

「あ、いえ……そういうわけではないんですが、先輩にお誘いを受けまして……」

ちらりと千香子を見て、そう言った。

「やってみようと思いました」

「そう……千香子さんが保証するなら、こちらも安心して雇うことができます。時給は――」

と、まり江が雇用条件の説明をする。

「これで、大丈夫？」

「はい、大丈夫です」

「よかったわ。これで求人誌を使わなくて済む。ここに、名前と住所、連絡先などを書いて」

渡された用紙に書き込んでいると、そこに巫女や男の神職（禰宜《ねぎ》と言うらしい）がやってきて、「今度、出仕《しゅっし》をやってもらう子」と紹介された。

出仕というのは、男の神職のいちばん下の位で、上から、宮司、禰宜、権禰宜《ごんねぎ》、出仕という順になっているらしい。

紹介され、挨拶を受けると、自分が明日からこの神社で働くのだという実感が湧いてきた。

今日、榎田千香子に逢うまでは、何も決まっていなかった。なのに、いきなりこの急展開だ。

だが、自分のように消極的なタイプの男は、千香子のようなアグレッシブな女性にリードされたほうがいいのかもしれない。

それに、さっきモミモミされた股間が今も疼いているし、口だって、千香子の柔らかな唇の感触を覚えている。

春休み中の美宇との恋愛成就が遠のいた気もするが、そもそも美宇が逢ってくれるかどうかも定かではないのだから……。

社務所を出ても、千香子は一緒についてきてくれた。

千香子は周囲を見ながら、亮一を木陰に連れ込んで、さっきより激しくキスをし、股間を触ってきた。

これからというときにやめ、肩に手を置いて、言った。

「じゃあ、明日から頼むね。八時半出勤だから。遅れないでよ」

アーモンド形の大きな目でまっすぐに見つめられると、亮一はぼぅとなってしまう。

「大丈夫？」

「ああ、はい……明日、遅れないように来ます」

「待ってるわよ。じゃあね……」

千香子が踵《きびす》を返した。

亮一は股間を突っ張らせながら、鳥居を潜って神社を出る。

(千香子先輩はどうして、自分にキスしたり、あそこを触ったりしてくれたんだろう?)

亮一は駐車場に止めてあった自転車に乗った。

(そうか……きっと、俺にアルバイトをさせたいから、サービスしてくれたんだな。で、俺はまんまと引っかかったというわけか……それでも、いいや。憧れの先輩にキスされたんだから)

亮一は夕闇がせまってきた町のなかを、意気揚々として自転車を走らせた。

2

夜に、糸原美宇に電話をしたが、出なかったので、

『明日から、バイトをすることになりました。忙しいみたいだけど、一段落ついたら

連絡ください。待っています』

そうメールしておいた。

そして翌朝、亮一は自転車を漕いで、男茎神社に向かった。

十分もあれば着いてしまう。

早めに行くと、すでに来ていた事務長のまり江に、着替えを渡され、男子アルバイト用のロッカールームに案内された。

「袴のつけ方とかは、千香子さんに教わって。彼女があなたの係だから。九時十五分に朝拝があるから、それまでに本殿に来てくれればいいから」

そう言って、まり江は去っていった。

朝から薄化粧をしているし、どこか色っぽい女の人だよなと思いつつも、着付けに悪戦苦闘していると、いきなりドアが開いて、千香子が入ってきた。

すでに白衣に緋袴をはき、長い黒髪を白い和紙で包んで、水引で結っている。亮一はあらためて、その凛《りん》としたたたずまいに見とれてしまう。

「おはよう！」

千香子が明るく声をかけてきた。

「ああ、はい……おはようございます」

「偉いわね。時間より早めに来て……さすが、亮一くん。わたしが見込んだとおりだわ。袴のつけ方に苦戦しているみたいね。弓道とは微妙に違うからね。教えてあげる」

千香子が近づいてくる。

以前に物置だったところを改造した部屋らしく、壁に面して幾つかのロッカーが並んでいて、窓際は一段高くなって、休憩用に畳が敷いてあった。

「狭いわね。そこの畳でしようか」

「はい」

亮一は言われるままに、袴を持って、段の高くなった畳にあがった。すぐに、千香子もあがってきた。

「まずは、白衣の着付けだけど、こんなに胸が開いてたんじゃ、ダメ。もっとこうして、深く重ねて……そこをこの白帯でぎゅっと……」

千香子は畳に膝を突いて、帯を強く締めてくれる。

眼下に、千香子の絵元結《えもとゆい》された、白い和紙で包まれた長い黒髪があり、緋袴が見える。そして、千香子の身体の一部が触れるだけて、あそこが力を漲らせてきた。

きっと、おチンチンも昨日の千香子の愛撫を覚えていて、またそれを欲しがっているのだ。

「ねえ、きみのここ、大きくなってるんだけど」

千香子がからかうように見あげてきた。

「ああ、すみません」

「困った子ね。元気が良すぎる……ほら、もうこんなにテントを張って……これじゃあ、恥ずかしくて、朝拝に出られないじゃない。いいわ。今朝、遅刻せずにきちんと来たご褒美をあげる。このまま、立っていて……大丈夫よ。まだ時間はあるし、他の男子バイトはいないから」

そう言って、千香子が白衣の裾をまくりあげて、裾を白帯に挟んだ。

剝《む》きだしになったブリーフに包まれた股間が、すごい角度でいきりたっているのを見て、千香子は大胆に触れてきた。

「あっ、先輩……くっ……！」

「すごいね。どんどん、硬く大きくなってきた」

ブリーフの横から手を入れて、いきりたっているものを握って、静かにしごいてくる。

「くっ……あっ……ぁあああ」

「シーッ！」

千香子は長い人差し指を唇の前に立て、ドアのほうを向いた。

異常がないことを確かめると、ブリーフをおろしたので、亮一は片足ずつ浮かして、それを助けた。

(……まさか？　いや、ここまで来たら、もうあれしかないだろう！)

びっくりしながらも、期待感で分身はますますギンとしてくる。

(こ、こんな状況で、俺は初フェラされるのか？)

千香子の握っている棹《さお》が熱い。

「ふうん、なかなかいいものを持ってるね。大きさは普通だけど、カリが張ってる。ここが……」

千香子は興味津々《しんしん》という様子で、頭部のカリを指でなぞる。そこはとても敏感な部分で、しなやかな指腹でさすられるだけで、鋭い快感が走り抜けた。

「あっ、くっ……ぁあああうぅぅ」

うねりあがる快感に、思わず奥歯を食いしばっていた。

「舐《な》めていい？」

千香子が悪戯《いたずら》っぽい目で見あげてくる。

「ああ、はい………えっ？　いいんですか？」

「いいから言っているの。初めてよね？」

「もちろんです」

「だけど、きみには、恋愛成就のお守りを買うほど好きな女の子がいるんでしょ？　いいの？」

「そ、それは……」

一瞬、気持ちがなえかけた。確かに、美宇のことを考えたらこれはマズい。そんな亮一の心情を悟ったのか、

「でも、それとこれとは別物だからね。それに、きみも彼女とつきあうときに、経験がないと上手くいかないでしょ？　これも必要な初体験ってことで……大丈夫。他人には言わないから」

千香子は亮一を見あげて言い、屹立《きつりつ》の下から裏筋に沿って、ツーッと舐めあげてくる。

「うあっ……！」

ぞくぞくっとした戦慄が走り、亮一は自分でもみっともないと思うほど声をあげていた。

「あらあら……すごく感じやすいんだ。それに、この角度、尋常じゃないわね。お臍《へそ》

にっきそうよ」

千香子はにっと微笑んで、反り返っている肉柱の裏側をツーッ、ツーッと連続して舐めあげてくる。

「あっ、あっ、あっ……」

声をあげてしまい、亮一はいけないと口を手のひらで封じた。

すると、千香子は亀頭冠の真裏を舐めてきた。

赤い長い舌をちろちろっと横揺れさせて、裏筋の発着点をくすぐってくる。あまりの快感に気が遠くなった。

「ふふっ、気持ちいい？」

「ええ、すごく……ぁあああ！」

「シーッ！」

千香子は見あげて、また唇の中心に人差し指を立て、目で制してきた。

「すみません……」

「いいのよ。咥《くわ》えてもらいたい？」

「ああ、はい……」

「また、大きな声をあげちゃダメよ」

亮一は大きくうなずく。

千香子が上から唇をかぶせてきた。一息に根元まで頬張られて、亮一は出そうになった声を必死に押し殺す。

温かい。そして、何よりも自分のおチンチンが憧れの先輩の口にすっぽりとおさまっているということが信じられない。

「ぐふっ、ぐふっ」と噎《む》せて、千香子は静かに唇を引きあげていく。

根元を三本指で握り、余っている部分に唇をゆったりとすべらせる。

「あああ、くっ……！」

亮一は奥歯を食いしばって、暴発をこらえた。

唇がゆっくりと勃起の表面をすべっていく。ふっくらとした唇が適度な締めつけ具合で、浮かび出た血管を繊細になぞり、そこから、ぞわぞわした快感がふくれあがってくる。

とくに、唇が亀頭冠を擦るときに、ジーンとした痺れにも似た快感が走る。

きっとそれがわかったのだろう。

カリを中心に、短いストロークで唇を往復されると、もうにっちもさっちも行かなくなった。

「ダメです。出ちゃいます」

訴えると、千香子はちゅるっと吐き出して、勃起の側面にキスを浴びせる。

ちゅっ、ちゅっ、ちゅっと唇を押しつけ、舐めてくる。

舌でなぞりながら、顔を傾けて見あげてきた。

大きなアーモンド形の目を細めて、どう、気持ちいいでしょ？　と同意を求めるような表情がたまらなかった。

それから、千香子はまた頬張り、根元を握ってしごいてくる。

下を見ると、巫女装束の千香子が頬をぺっこりと凹《へこ》ませている。手指で上下に擦りながら、それと同じリズムで亀頭冠を中心に唇でしごかれると、亮一はいよいよ我慢できなくなった。

「ダメです。出ます……出る！」

訴えたのに、千香子はいっそう激しく指を動かし、唇を往復させるので、亮一は限界を迎えた。

「ぁあああ……！」

みっともなく喘いでいた。ぱんぱんになった分身が弾丸を放つ拳銃のように震えて、熱いしぶきが放たれる。

千香子は勃起を頬張ったまま、精液を受け止めてくれていた。

(すごい。俺は今、口内射精してる！)

夢のような瞬間がつづいた。

放つ間、千香子の口は離れずに、ずっとまとわりついていた。放出を終えると、千香子は屹立を外し、白濁液のこぼれを手を添えて、ふせいだ。

少し上を向いた千香子の反った喉が、こくっ、こくっと上下動する。

呑んでくれているのだ。

亮一はふらふらと後ろの窓に凭《もた》れた。

フェラチオさえ初体験なのに、千香子は自分の精液をごっくんしてくれたのだ。しかも、神聖な巫女の格好で。

「あとで、ウガイしなくちゃね。青臭くて、すごく濃かったわよ。あらっ、もうこんな時間。袴をはこうか」

千香子が袴を手に取って、手伝ってくれる。

アルバイトは出仕と同じ白袴で、紐が長いほうが前に来る。最初に前の紐を後ろにまわして交差させ、前でまた交差させ、それを後ろで結ぶ。

「きつく締めないと、ずり落ちてみっともないことになるからね」

そう言って、千香子が後ろで強く結んでくれる。

とても落ち着いていて、ついさっき亮一の精液を呑んでくれた女性だとは思えない。

最後に後ろの紐を前に持ってきて、ぎゅっと結んで、固定した。

「はい、出来上がり。うん、なかなか似合うわよ。凜々しいわ。酒巻くん、弓道部のときも袴姿が似合ったものね……行こうか」

二人は部屋を出て、朝拝の時間まで、外を箒《ほうき》で掃いた。

まず朝一番にすることが清掃で、とにかく境内を掃き清めることがとても大切なのだと言う。

時間が来て、二人は本殿に向かう。

朝拝は会社の朝の訓示や、ラジオ体操みたいなもので、千香子の叔父でもある宮司の榎田泰三《たいぞう》が、『高天原に……』と大祓詞《おおはらえことば》を奏上し、その後、みんなで『敬愛生活の綱領』を唱える。

もちろん、亮一にはさっぱりわからないから、ただごにょごにょと適当に口を動かすことしかできない。

すべての職員が朝拝には出席しているらしいが、男茎神社には、宮司がひとり、禰宜がひとりと権禰宜が二人、巫女が三人いた。

これだけの人数でお祭りの準備をしていくのは、素人目から見ても、大変だということはわかる。もちろん、豊年祭当日には、多くのアルバイト巫女を雇うらしいのだが……。

正座が苦手の亮一には、朝拝は苦行でしかなかったが、前に座っている三人の巫女の後ろ姿を見て、気を紛らわせた。

千香子がいちばん年上で、二十七歳。

もうひとりのすらっとした体型の巫女が二十五歳で、ぽっちゃり型の巫女が二十二歳だとは聞いていたが、名前は教えてもらえなかった。

朝拝を終えて、それぞれが持ち場につく。

巫女は神札所を開けて、御札、お守りの授与をしたり、御祓《おはら》い希望者の受付や案内をする。

亮一は、境内を徹底的に掃除して、この神社のシンボルでもある男茎を一本ずつ磨いて、ぴかぴかにするように言われた。

これは、豊年祭で巫女姿の女たちが抱えるものだという。ちなみに当日は本職の巫女以外にも、一般からも募集するので、多くの巫女装束の女性がこれを抱えて歩くことになる。

その日、亮一は一日中かけて、境内の掃除をし、そして、木彫りの男根をぴかぴかになるまで磨いた。それでも、まだ全部はできなかった。

亮一がいなかったときは、これを巫女がやっていたと言う。

巫女はカリの張った、逞しい男茎形を毎日のように拝み、実際に磨くのだ。

(こんな神社で働いていたら、巫女さんも本物のおチンチンが欲しくなるだろうな。千香子先輩もきっと恋人がいなくて、欲求不満なんだ。こんなおチンチンだらけの神社に勤めていたらそうなるよな。その寂しさを俺みたいなどうにでもなる男にぶつけているんだ。そう言えば、童貞かどうか訊いていたから、童貞をもてあそぶことが好きなのかもしれない。うん、千香子先輩なら、あるな……)

千香子のことを思うと、今朝、精液を呑んでくれたことを思い出してしまい、あそこがふくらみそうになる。

(ダメだ。今日はバイトの初日なんだから、ちゃんとしないと)

自分を叱責して、仕事に励んだ。それでも、何かの拍子に千香子にフェラチオされたときの快感がよみがえってきて、ぼぅとしてしまう。

午後になって本殿で、千早《ちはや》という上着をつけた千香子が、御祓いを頼んだ人に福鈴を授ける姿を見て、ちょっと感動した。

金色の髪飾りをつけて、シャラシャラッと鈴を鳴らす千香子は、美しく高貴で、とても、朝に亮一のおチンチンを頬張っていた女性だとは思えなかった。

3

午後五時になって、一日の仕事が終わり、亮一は着替えをしようと、男子アルバイト用ロッカールームに向かった。

(けっこう疲れたよな。ずっと動いてたし……)

ロッカールームで袴を苦労して脱いでいると、いきなりドアが開いて、いまだ巫女姿の千香子が入ってきた。

「ああ、疲れた……」

一段高くなった休憩用の畳の敷かれた壇に腰をおろして、足を前に放り出した。

午後に、福鈴を与えていたときの千香子とはまったく違うその投げやりな態度に、亮一は戸惑いながら、どこか昂奮してしまう。

「着替えとかの説明に来てあげたの。袴は汚れてない？　汚れていたら、クリーニングに出すから、社務所で新しいものに替えてね。泥だらけの白袴じゃ、みっともないから」

千香子が教えてくれる。

それはいいのだが、暑いのか、緋袴と白衣をまくりあげているので、白足袋《たび》に包まれた足とふくら脛《はぎ》が見えてしまっている。

「今日はまだ大丈夫みたいです」

そう答えながら、亮一は脱いだ袴をロッカーに吊るす。ついつい緊張してしまっている。朝のことを思い出して、期待感もある。

「どうだった？　つづけられそう？」

千香子が訊いてくる。

「はい、何とか……」

「今日見て、わかったでしょ？　巫女って、肉体労働なのよ。ずっと動きっぱなしで、休む暇もないし……いつも見られていることを意識しなきゃいけないから、気疲れするしね。大変なのよ、ずっとブリッコしてるのは」

「……でも、千早を着て、福鈴を鳴らしているときの千香子さん、すごく神聖な感じがして、よかったです。さすがだなって……」

「……御祓いや禊《みそ》ぎはとても大切なお仕事だからね。わたしも神の使いとして、すごく神聖な気持ちでやっているから。でも、その反動が来るっていうか……こういうことをしたくなっちゃうのよね」

千香子が緋袴と白衣の裾をさらにまくりあげた。

（えっ……！）

亮一は啞然となって、視線を釘付けにされる。こういうのを目が点になると言うのだろう。

赤い袴と白い小袖《こそで》がめくれて、むっちりとした太腿《ふともも》とその奥の黒いものが目に飛び込んできたのだ。

「わたしね、巫女のときは下着はつけないの。どうせ見えないし、オシッコするときも手間が省けるでしょ？」

千香子はじっと亮一の様子をうかがいながら、さらに足を大きく開いた。

白足袋を履いた左右の足がほとんどM字開脚されて、赤と白の布がめくれ、左右の太腿の奥に黒々とした翳《かげ》りがのぞいている。

「女のここを実際に見るのは、初めてなんでしょ？」

うなずいて、亮一はごくっと生唾《なまつば》を呑んだ。

「もっと近くで見たい？」

亮一はうなずく。

「いいわよ、来て」

ロッカールームとは言え、神社のなかであることに変わりはない。亮一はこんなことをしたら、神様のバチが当たるんじゃないかと思いつつも、ふらふらと近づいていく。

まだ、白衣は身につけているので、途中で足がもつれて転びそうになった。

最後は這うようにして、千香子の前までたどりついた
千香子は壇に座って、すらりとした足を開きながら投げ出すようにして、両手を後ろの畳に突いている。

いまだ絵元結はしたままで、長い黒髪を白い和紙で包み、水引きで縛っている。

これは、コスプレではないのだ。正真正銘の巫女が、亮一に神聖なオマンコをさらしてくれているのだ。

「舐めたい?」

唐突に、千香子が訊いてきた。

「……も、もちろんです」

「いいわよ。このほうが舐めやすいでしょ?」

千香子が片方の足を壇の上に置いた。膝を立てて外に開き気味なので、閉じていた陰唇の扉がわずかに開いた。

濃いピンクの粘膜が現れて、亮一はまた唾を呑む。しかし、あまりにも唐突な展開で、やり方もわからなくて、体が動かない。

「どうしたの、やらないの？」

「あの……なんで俺にこんなことをさせてくれるんですか？」

亮一は心に浮かんでいた疑問を口にした。

「……いや？」

「いやではないです、もちろん。したいです。でも、昨日、ひさしぶりに逢って、これですから、なぜかなって……」

「理由なんか、どうだっていいじゃない。それに、あの夏合宿のときから、きみのことが嫌いじゃなかった。誘惑してみたかったのよ。思い止《とど》まったけど……だから、して……お願い」

千香子が真剣な目を向けてきた。

（そうだったんだ。俺を気に入ってくれていたんた。だったら……）

おずおずと顔を寄せると、長い間、袴と白衣のなかでこもっていただろう、汗のような甘酸っぱい香りがした。

髪と同様に漆黒の繊毛が、細長くびっしりと生え、つやつやしている。その流れ込むあたりに初めて見る女性器がわずかに口をひろげていた。

ふっくらとした肉丘は陰唇の縁が波打っていて、その内側がわずかにのぞいている。鮭紅色の粘膜のようなものが、透明な蜜をたたえてぬめ光っていた。

(これが、憧れの先輩のオマンコか……!)

そこは想像していたより複雑な形をしていた。だが、その微妙な形状やきらきらと光っている粘膜が、亮一のなかに潜んでいたオスとしての欲望をかきたててくる。

「初めてで、やり方がわからない?」

「はい……」

「いいのよ。最初は難しいことをしなくても……徐々に教えてあげるから」

千香子がまさかのことを言った。

(えっ……? 徐々に教えてくれるってことは、これからもさせてくれるってことだよな……)

おずおずと見あげると、千香子が言った。

「びらびらの間を舐めてくれればいいわ。焦らなくていいから、ゆっくりとね」

その言葉で、困惑やプレッシャーがなくなった。やはり、先輩は教えることが上手なのだ。

びらびらの間におずおずと舌を走らせた。

上へ、上へと舐めあげると、肉びらが開いて、なかの粘膜が姿を現した。濡れた舌と濡れた粘膜が擦れ合うぬるっとした感触があって、

「んっ……んっ……ぁああ、上手よ。ぁあああ、気持ちいい……」

そう言いながら、千香子はもっととばかりに、下腹部をぐいぐいと擦りつけてくる。

(感じてくれているのか……！)

無我夢中で陰唇の狭間《はざま》を舐めつづけた。唾液と蜜でそこはとろとろになっている。

笹舟形のオマンコの上のほうに小さな肉芽が突き出していて、それがクリトリスに違いない。その下のピンクの肉襞の上にポツンとしたオシッコの穴があり、下のほうにはおそらく膣口だろう窪みがひくついている。

(こ、こんなになっているのか……！)

現実で初めて目にする女性器をおののくような気持ちで観察しながら、肉の割れ目を一生懸命に舐めた。舌がぬるっ、ぬるっとすべるたびに、

「あっ……あっ……」

千香子は洩《も》れそうになる声を手の甲を嚙《か》んで押し殺しながらも、後ろに手を突いて下腹部をもっととばかりにせりだしている。

少しずつ湿り気と風味が増してきて、全体がほぐれて柔らかくなり、ねっとりと舌にからみついてくる。

よし、このままもっととさらに力を込めたとき、いきなりドアがノックされて、

「酒巻さん、いるんでしょ？」

女性の声がする。事務長の矢代まり江だった。

亮一は一瞬凍りついた。それから、千香子を見あげる。

すると、千香子は事務長がドアを開けて入ってくるという気配を感じたのだろう。とっさに立ちあがって、

「袴のなかに隠れて」

そう低い声で言って、持ちあげた緋袴の裾を上からかぶせてきた。

あっと思ったときは、亮一はすでに緋袴のなかにいた。顔は股間のほうを向いていて、白衣の下腹部に触れている。

「お尻をもう少し引いて」

千香子に言われるままに、亮一は腰の位置を直した。おそらく、そこが不自然にふ

くらんでいたのだろう。

体勢を直した直後に、ドアが開く音がして、事務長の声が響いた。

「あらっ、千香子さんだけ？　酒巻さんは？」

亮一は見つかったらどうしようと怯えつつも、千香子の袴のなかでひたすら息を潜める。

「……彼は、今、トレイに行っています」

千香子の声が聞こえる。

「あなたはなぜここにいるの？」

「彼が袴のつけ方がわからないと言うので、それを教えるために来ています。あの、何か彼に用でしょうか？」

「事務手続きのことで、ちょっとしてもらいたいことがあるの。すぐに済むから……酒巻さんが帰ってきたら、あとで社務所のわたしのところに来るように伝えてもらえる？」

「了解しました。そう伝えます」

「じゃあ、よろしくね」

そう言って、まり江が去っていく気配がした。

「危なかったわね。危機一髪だった」

千香子がちょっと袴の裾をまくって言う。

亮一が出ようとすると、

「待って。これ、けっこう昂奮する。このまま舐めてみて……」

千香子が足を肩幅より少しひろく開いた。

緋袴のなかは暗かったが、だんだん目が慣れてきたのか、白足袋の位置や白衣ははっきりと見えてきた。

「何してるの、早く！　白衣を開いて……そう。そのまま潜り込むようにして舐めて。できる？」

緋袴のなかでうなずき、亮一は白衣の前身頃をはだけて、それらしいところに顔を埋め込む。

両膝を突いて、下から太腿の奥を舐めると、柔らかな繊毛の下のほうにぬるぬるした割れ目があって、

「んっ……！　ぁああ、それ。そのまま、つづけて……ぁあああ、もっと」

千香子は亮一の口めがけて恥肉を押しつけてくる。

緋袴のなかにこもっていた甘ったるい性臭が強くなった。粘液の味も濃くなって、

酸味の効いた生臭いような味がする。

下から舐めあげると、

「ぁああ、感じる。これ感じる。ステキ……ぁああん、腰が勝手に動く」

千香子の腰が前後に揺れて、亮一の舌に泥濘《ぬかるみ》を擦りつけてくる。

亮一は太腿につかまりながら無我夢中で、ぬるぬるの割れ目を舐めた。

暗いし、初めてだし、どこがどこなのかよくわからない。

ただ、粘膜がどんどん濡れてきて、すべりがよくなり、オシッコのような温かいものがあふれてきていることがわかる。ひたすら舐めていると、

「ぁああ、あああああ……もう、ダメっ……」

千香子の太腿ががくがくと震えはじめた。

「もういいから、出て」

言われるままに、亮一は緋袴をまくって外に出る。

すると、千香子はもう立っていられないといった様子で壇に腰をおろし、潤んだ瞳を向けて言った。

「亮一くん、ドアの鍵《かぎ》をかけてきて」

「は、はい……！」

亮一は急いでドアの内鍵をかけて、戻ってくる。

「そこに寝て」

「はい……でも、さっき事務長が社務所に来なさいって」

「平気よ。あの人はいつも午後六時までは残っているから。早く済ませるから、そこに仰向《あおむ》けになって……ああ、ブリーフを脱いでね」

言われるままに、亮一はブリーフを脱いで、休憩用の畳の上に寝転ぶ。

(早く済ますって？　もしかして……いや、まさか神社のなかで……！)

ドキドキと胸高まらせていると、千香子が亮一をまたいですっくと立った。だが、顔は見えない。後ろ向きだからだ。

千香子がそのまま体勢を落とし、後ろ向きにまたがってきた。

目の前に緋袴に覆われた尻がせまる。そのとき、亮一の下腹部に指が触れた。

白衣がはだけられ、いきりたっている肉の柱を千香子は握って、ゆったりとしごいてくるのだ。

「あっ、くっ……！」

思わず呻《うめ》いていた。

「ふふっ、きみのおチンチン、いつも元気だわ……童貞くんってすごいね。怖いくらいに硬くなってる」

次の瞬間、いきりたつものが温かくて湿ったものに包まれていた。

千香子が頬張ってきたのだ。

(ああ、そうか……！　これがシックスナインか！)

アダルトビデオで見て、シックスナインは知っている。しかし、当然のことながら、
亮一には初体験だ。

(ああ、信じられない！　俺は今、正真正銘の本物の巫女さんにシックスナインされている！)

緋袴に包まれた腰の横のほうから、視線をやる。

見えた。

絵元結されて、白い和紙で長く伸びた黒髪が上下にゆっくりと揺れていた。

何かねろねろとからみついてくるものがある。

(そうか……舌だ。頬張りながら、舐めてくれているんだ！)

フェラチオは唇だけでするものだと思っていた。だが、違った。舌もつかうのだ。

よく動く舌がねろり、ねろりと肉柱にからみついてくる。

それに、唇の上下運動が加わったとき、亮一は一気に桃源郷《とうげんきょう》に押しあげられた。

ジーンとした切迫感がふくらみ、

「ああ、ダメです。出ちゃいます！」

訴えると、千香子はちゅるっと肉棹を吐き出して、

「きみも舐めて。シックスナインなんだから、きみもクンニしてくれないと……」

「ああ、はい、すみません。でも、袴をめくっていいんですか？」

「いいに決まってるじゃないの」

「何か、神様のバチが当たりそうで」

「そうだとしても、わたしが引き受けるから、きみは大丈夫。バチは当たらないわよ。わたしが誘っているんだから。やってみて」

「はい……」

亮一は襞の入った赤い袴をめくりあげる。

「白衣も」

「はい……」

白衣をはしょるようにしてめくると、真っ白なヒップがこぼれでてきた。

（ああ、すごい！　色白なんだな。大きいけど、締まっている。すべすべだ……！）

初めてみる女性の一糸まとわぬナマ尻に見とれていると、

「見すぎよ。舐めて、早く！」

千香子がおねだりするように尻を振った。

亮一は舐めやすいようにと尻を引き寄せ、自分も頭をあげて、肉の谷間に貪りついてみる。

「ぁああ、そう……そうよ。気持ちいい……あああ、くうぅぅ」

千香子が勃起を握る指に力を込めたので、亮一は「くっ」と呻く。

どうしていいのかわからないまま、ただただひたすら舌を走らせる。なめらかな粘膜にぬるっ、ぬるっと舌がすべって、舌先が今は下にあるクリトリスに触れると、

「あっ……！」

千香子はびくっと震える。

(今、すごく感じたぞ。そうか、やっぱりクリトリスがすごく感じるんだな)

初めて尽くしなのに、頭の片隅は妙に落ち着いている。

(だったら、この突起をもっと……！)

ぷっくりとふくらんだ肉芽に舌を打ちつけ、思いつくままに吸ってみた。すると、

「ああああぅぅ……！」

千香子は一段と激しい声を洩らし、背中を弓なりに反らせた。亮一がなおも吸いま

くると、

「ダメっ……欲しくなった。我慢できない」

さしせまった声を出して、千香子が腰を浮かせた。

4

千香子は袴と白衣をはしょって、向かい合う形で亮一の下半身をまたいだ。いきりたっている肉棹をつかんで、太腿の奥に導き、切っ先を窪みに押し当てて、慎重に沈み込んでくる。

あっと言う間の童貞喪失だった。

切っ先がとても窮屈な入口を押し割っていき、あとはぬるぬるっとすべり込んでいき、

「ぁああ、入ってきた」

千香子が喘ぐように言って、白衣に包まれた上体をのけぞらせた。

亮一も必死に奥歯を食いしばる。そうしないと、射精してしまいそうだったからだ。

それほど、初めて味わう女性の膣は気持ち良かった。

奥へと向かうにつれて、熱くなる、蜜にあふれた女の器官——。

とろとろになった粘膜がざわめきながら吸いついてきて、勃起をくいっ、くいっと奥のほうへと吸い込もうとするのだ。

(ああ、すごい……！)

暴発しないようにするのが精一杯だった。そのとき、

「どう、童貞を失った気分は？」

千香子が訊いてきた。

「……す、すごく気持ちいいです。それに、千香子先輩でよかった……」

「きみはわたしのこと好きだったでしょ？　弓道部の合宿では、わたしを尊敬の目で見ていた。でも、それだけじゃなかった。時々、すごくいやらしい男の目になっていた。知ってるのよ」

千香子が大きなアーモンド形の目で見つめてくる。

ドキッとした。図星だったからだ。確かに、自分は合宿所で、弓を引く千香子先輩を想像のなかで丸裸にして、オナニーしていた。

「あのときに誘惑してやろうかって思った。それを今、実行しているの。きみの童貞を奪うことができて、すごく満足しているのよ」

そう言って、千香子が静かに動きだした。

両膝をぺたんと畳について、腰を前後に振る。

いきりたっているものがよく締まる膣で、揉み抜かれ、根元から前後に揺さぶられる。それでいながら、亀頭部がなかをずりずりと擦っているのがわかる。

目にも鮮やか緋袴が垂れ落ちて、結合部を隠して、そこを見られないのが残念だ。

それでも、巫女の格好をした千香子が自分にまたがって、ぐいぐいと腰を打ち振り、

「んっ……あっ……あっ……ぁあああ、いいの。気持ちいい……きみのおチンチンがぐりぐりしてくる。ぁあぁぁ……」

心から気持ち良さそうに喘ぐのを目の当たりにするだけで、亮一は身も心も至福へと押しあげられる。

そのとき、動きを止めた千香子が白衣の袖から腕を片方ずつ抜いていった。ついには、両方腕を抜いて、もろ肌脱ぎになった。

白衣が垂れ落ちて、緋袴に重なる。上半身だけの肌襦袢も脱いだので、ぶるんと乳房がこぼれでてきた。

(ああ、これが先輩のナマのオッパイか……！)

感激した。思っていたよりずっと大きい。

そして、上の直線的な斜面を下側の充実したふくらみが持ちあげ、薄いピンクの乳輪から、ピンクが濃くなった乳首がツンと頭を擡《もた》げている。

（きれいだ。それに、すごくいやらしい！）

先輩は弓道着や巫女装束の内側に、こんなすごいオッパイを隠していたのだ。

千香子が上体を倒してきた。

「いいわよ、胸を触って……触りたいんでしょ？」

うなずいて、亮一はおずおずと手を伸ばし、片方の乳房に触れた。柔らかくて、すべすべだ。下を向いているから、重さも感じる。

乳肌は薄く張りつめて、青い血管が透け出している。そのふくらみをやわやわと揉みながら、揺すってみた。たわわな乳房が波打って、

「んっ……あっ、あっ……」

千香子が声を洩らして、唇を嚙んだ。それから、亮一を見て言う。

「乳首を触ってみて……そこがいちばん感じるのよ」

亮一は両手を伸ばして、左右のふくらみをモミモミした。それから、おずおずと乳首に触れる。

どうしていいのかわからず、アダルトビデオの見よう見まねで側面を指でくりくり

と転がした。すると、あっと言う間に乳首が硬くしこってきて、ぐんと前にせりだしてきた。

　びっくりしつつも昂奮して、下手なりに突起をいじっていると、千香子の様子が変わった。

「そうよ、そう……ああ、気持ちいい。胸もあそこも両方気持ちいい……ぁああ、勝手に腰が動くのよ」

　千香子が前に屈んで、両手を亮一の胸板に置き、腰をつかった。

　緋袴に包まれた腰をくいっ、くいっと前後に擦りつけてくる。

　のけぞった顔の後ろで、白い和紙で包まれた長い髪が躍り、顔の動きにつれて、絵元結も角度を変える。

「あっ、あっ、あっ……」

　千香子は上で腰を激しく揺すりあげ、そのたびに、絵元結が撥《は》ねた。

「ぁああ、ダメです……くっ、くっ……」

　亮一は奥歯を食いしばって、必死に暴発をこらえる。すでに胸を愛撫することもできなくなって、両手で畳をつかんでいた。

　そのとき、千香子の腰が縦に動いた。

持ちあげられた緋袴が持ちあがって、落ちてくる。体の両側で畳をつかんでいる白足袋が目に入った。

つづけざまに縦にしごかれると、オナニーで射精する前に感じるあのジーンとした逼迫感《ひっぱく》が押し寄せてきた。

「出したいの？」

「はい、もう……」

ここまで我慢できたのも、きっと朝に一回、口内射精しているからだ。

「いいのよ、出しても……」

「でも……」

「大丈夫。ちゃんと対策はしてあるから。出していいのよ。わたしも、イキそう……一緒にイコうよ。いいのよ」

そう甘く誘って、千香子は腰を上下に打ち振る。

さっきより上体を立てている。緋袴の内側で、足がM字に開いているのがわかる。

「あんっ、あんっ、あんっ……」

低く喘ぎながらも、千香子は打ちおろしたところで腰をグラインドさせ、肉棹を絞りたてる。

「ああ、ダメだ。出そうです！」

「いいのよ、出しても」

千香子はまた腰を持ちあげて、上から落としてくる。それを素早くリズミカルにされると、いよいよ切羽詰まってきた。

揺れる絵元結、今にも泣き出さんばかりに八の字に折れた眉、上下に波打つ真っ白な乳房、緋袴からのぞく白足袋に包まれた足——。

亮一は愉悦《ゆえつ》の塊《かたまり》がひろがり、もう射精することしか考えられなくなった。

本能的に腰を突きあげていた。

千香子が腰を落とすのに合わせて、下腹部をせりあげる。すると、強い衝撃があって、

「ああっ……！」

千香子の喘ぎが迸《ほとばし》った。

「あああ、すごい……イクわ。わたし、本当にイク……そのまま、突きあげて。わたしをイカせて……」

亮一は遮二無二なって、腰をせりあげる。

深いところをぐんっと突くたびに、奥のほうの扁桃腺《へんとうせん》みたいなところがからみつい

てきて、いまだに射精していないのが不思議なくらいだ。

「……ぁああ、ウソみたい。わたしのほうが先にイキそう……ぁああ、ああああ……イク、イク、イッちゃう……ちょうだい。今よ！」

千香子がぐりぐりと恥肉を擦りつけてきた。

よし、と亮一が思い切り突きあげたとき、

「イクぅ……！」

千香子が顎を思い切りせりあげた。

がくん、がくんと躍りあがるのを見て、最後にもう一度腰を撥ねあげたとき、亮一も至福に押しあげられた。

こういうのを目眩《めくるめ》く快感と言うのだろう。

これまで経験したオナニーなど比べ物にならない圧倒的な絶頂感が、脳天まで突き抜けていく。

放ち終えたときは、自分がもぬけの殻になったようで、ただただぜいぜいと息を喘がせることしかできなかった。

千香子がゆっくりと離れ、ティッシュを持った右手を緋袴の内側にすべり込ませて、白濁液を絞り出した。

そのあられもない姿を見て、自分は巫女さんに童貞を捧げたのだという実感が湧きあがってきた。

千香子が白衣の袖に腕を通しながら、声をかけてきた。

「すごく、良かったわよ。きみ、素質あるかも……着替えて、すぐに社務所に行きなさい。明日も遅れないで来るのよ」

「ああ、はい……」

「いつも、返事はいいよね。夏合宿のときからそうだった……じゃあ、明日ね」

千香子は後ろ姿を見せて、去っていく。その凜とした後ろ姿はとてもついさっきまで男を玩具にしていたとは思えない。

早く着替えようと焦るものの、体が言うことをきかない。

亮一はしばらく畳に大の字になって、自分の上を嵐のように通り過ぎていった榎田千香子のことを思っていた。

第二章　淫らな手ほどき

1

日曜日、男茎神社で結婚式が行われて、亮一も職員として式を手伝った。

といっても、亮一は何もできないので、ほぼ見学だったが。

巫女に先導されて、両家が出てきて、所定の席についたところで、宮司による祝詞《のりと》奏上が行われ、その後、雅楽が奏でられて、二人の巫女が巫女舞を舞う。

千香子ともうひとりの背の高いほうの巫女（北原由季《きたはらゆき》と言うらしい）が二人で雅《みやび》やかに舞を見せるのだが、亮一はまたまた千香子に魅せられてしまった。

動きに迷いがなく、なめらかで、しかも優雅だ。

巫女舞のときは、緋袴をはき、鳥の柄の入った千早をはおり、頭には挿頭《かざし》と呼ばれる前に銀色の飾りがついた簪《かんざし》をつけ、神楽鈴を右手に持って、左手でそこから長く伸びた布を操《あやつ》って、舞う。

雅楽に合わせて鳴らされる鈴が涼やかで、厳かに舞う千香子を眺めていると、溜め息が出てしまう。

自分は先日、この巫女さんとセックスをした。

みんながありがたく拝見しているこの美しい巫女は亮一の上になって腰を振り、みだらに舞って、昇りつめていったのだ。

ついついそのイキ顔を思い出してしまい、亮一の股間はふくらんでしまう。

(ダメだ。何を考えているんだ！　神聖な結婚式だっていうのに……)

亮一は自分を叱責する。

巫女舞が終わって、三三九度が交わされ、新郎のたどたどしい誓詞奏上が行われて、最後に親族の紹介があって、無事に結婚式は終わる。

この後、近くの会場で披露宴が行われる。亮一の役目は一行をその会場に案内することだ。白無垢《しろむく》姿の花嫁を見て、いいなと思う。

(俺がもし結婚するとしたら、相手は誰なんだろう？)

頭に浮かんだのは、糸原美宇だった。

自分は榎田千香子に童貞を捧げた。もちろん、千香子のことは好きだ。しかし、結婚するときに自分の隣で白無垢の花嫁衣装を着ているのは、やはり、美宇であってほしい。

亮一はどうにかして自分の役目を果たし、その後、境内の掃除をして、一日の仕事を終えた。

亮一には見るもの聞くものすべてが興味深く、自分は意外にこういう仕事に向いているのではないかと思ったりする。だからといって、自分が神職につくことは考えられないが。

（このバイトでお金が稼げるんだから、最高じゃないか。この神社には、千香子先輩がいるし……）

そろそろまた千香子に触れたい。もっとちゃんとセックスを教えてもらいたい。デートらしきものもしてみたい。

亮一が着替えて、ロッカールームから出たとき、千香子が壁に背中を凭せかけて、待っていた。

クリーム色のタイトフィットなニットワンピースが、すらりとしているが、出るべきところは出た肢体にぴったりと張りついて、その優美な曲線を浮かびあがらせている。乳房のふくらみがすごい。しかも、膝上二十センチのミニなので、長い太腿が半ば見えてしまっている。

「きみ、これから何か予定はある？」

千香子が訊いてきた。

巫女のときとは違って、長いストレートの髪が背中まで散っていて、そのさらさらした黒髪に見とれながらも、

「いえ、別に……家に帰るだけです」

正直に答える。

「ほんと、きみ、つまらない人生を送っているね。地元に友人とか、逢ってくれる女の子いないの？」

「友人は少しいますが、とくに逢いたいと思わなくて……」

「そう……変わった子ね。ちょうどよかった。今から、家に来ない？」

「えっ……千香子さんの家、ですか？」

「そうよ。じつはわたし、実家から独立しているの。二十七歳だから、当然と言えば当然だけど……古い家を借りているんだけど、ひとりで暮らしているのよ。よかったら、今夜、ご飯を作ってあげようかなって……どうする？　いやなら、いいのよ」

「行きます。行かせてください。家のほうは一本連絡入れれば、大丈夫ですから」

「そう……じゃあ、来なさいよ。ついてるわよ、きみ。榎田千香子の手料理を食べられる男なんて、そうそういないんだから。行こうか」

千香子を先頭に二人は神社を出る。

亮一は自転車を押し、千香子は歩く。

自転車を押しながら、亮一はスマホで自宅に電話をかけて、今日は友だちと逢うから、夕飯は要らないし、遅くなることを告げた。

母は「ああ、そう……わかったわ。じゃあね」と、いとも簡単に電話を切った。まさか、亮一が女の家に呼ばれて行くなんてつゆとも思っていない様子だ。

ようやく春めいてきた空気の暖かさを感じながら、徒歩十分で到着した借家は一応住宅地に立っていたが、築六十年以上は経っているんじゃないかと思うくらいの古い平屋だった。

「家賃は格安なのよ。でも、なかはちゃんとリフォームしてあるから、けっこうきれいだけどね。入って」

千香子を先頭になかに足を踏み入れる。

確かに千香子が言うように、部屋はきれいだった。

ひとりが住むには充分の間取りもあり、壁や水まわりも新しいものにリフォームされている。

「いいところじゃないですか！」

思わず言うと、

「そうでしょ？　いつ男が来てもいいように、整理整頓しているしね。でも、最近来たのはきみだけだけど……」

そう言って、千香子がいきなり抱きついてきた。

タイトフィットなニットの張りつくボディを押しつけるようにして密着させ、ちゅっ、ちゅっと唇にキスを浴びせ、

「わたし、巫女舞を舞うと、したくて、したくてたまらなくなるの。これが欲しくなる、すごく……」

しなやかな手が、ズボンの股間をがしっとつかんできた。

「……あのおチンチンだらけの神社にいたら、誰だってそうなると思わない？　それに、結婚式だから、今夜、二人は初夜を迎えるわけでしょ？　わたしは舞いながら、いつもこの二人は今夜、どんなセックスをするんだろうって考えてしまうの。今、新婦はほとんどバージンじゃないでしょ。でも、結婚式の夜って、二人ともいつもと違

って燃えると思うのね。今日のあの神妙な顔をした新婦だって、きっとものすごく燃えて、乱れると思う。それを考えると、もう……わたし、へんかな？」

「いいえ……へんじゃないと思います。それだけ、想像力が旺盛なんだなって」

「そうよ、とくにセックスの想像力は旺盛よ。こんな女はいや？」

「いえ、全然……むしろ、ありがたいです」

「ふふっ、いい子ね……わたしが見込んだとおり」

千香子は唇を合わせ、情熱的に唇を舐め、吸う。

舌をすべり込ませて、亮一の舌をとらえながら、ズボンの股間を情感たっぷりになぞりあげてくる。

ねっとりと濡れた舌や唇、喘ぐような息づかい。力を漲らせつつあるものを情熱的に撫であげてくるしなやかな指と手のひら——。

亮一はあっと言う間に、千香子のペースに引き込まれていく。

「ここ、触ってみて」

千香子がキスをやめて、亮一の右手をニットワンピースの裾の奥へと導いた。

ストッキング類ははいておらず、すべすべした太腿の付け根には、パンティの基底部が感じられた。

(えっ……!)

びっくりした。なぜなら、パンティの底はすでにじっとりと湿って、分泌液が沁み出していたからだ。

「濡れているのがわかるでしょ?」

「はい……すごく」

「きみが欲しいからよ。きみのこれが欲しくてたまらないの」

そう言って、千香子は前にしゃがみ、ズボンとブリーフを一気に引きおろした。足先から抜き取ると、亮一をダイニングテーブルの椅子に座らせる。

「ギンギンだわ。きみのはいつも元気がいいわね」

見あげて言い、屹立を握り込んでくる。

ゆっくりと上下にしごいて、潤滑剤が少ないと感じたのか、口をもぐもぐさせて唾液を垂らした。

泡立つそれをまぶして、ぎゅっ、ぎゅっと握りしごく。

「あっ、あっ……くっ!」

「それ! きみのその感じているときの顔が好き」

千香子が言った。

(そ、そうなのか?)

何だか恥ずかしい。これから先、感じたときにどんな顔をすればいいのだろう?

「余計なことを考えさせてしまったわね。いいのよ、これまでのようにしてくれれば、わたしはその顔が好きだと言っているんだから」

亮一の心のうちを見透かすように言って、千香子はそそりたつものに唇をかぶせてきた。

これが欲しくて欲しくてしょうがなかったとでも言うように、一気に咥え込んだ。その状態でチューッと吸いながら、ゆったりと唇をすべらせる。

「ぁああ、くっ……」

うねりあがってくる快感に、亮一は天井を仰ぐ。

もちろん、唇と舌がからみつく物理的な快感はある。それ以上に、弓道部の大先輩であり、今は巫女長でもある榎田千香子が、自分ごときのおチンチンをおしゃぶりしてくれているという精神的な満足感が強い。

そのとき、千香子がもっと奥まで呑み込めるのよ、とばかりにさらに根元まで頬張ってきた。

見ると、そのふっくらとした唇が陰毛に触れている。

亮一のペニスはたぶん普通のサイズだ。それが丸ごと千香子の口におさまっているのが、不思議でならない。喉ちんこに触れたりしないのだろうか？

左右の頬が大きく凹んでいて、いかに強く吸ってくれているのかがよくわかる。

千香子が顔を振りはじめた。

ふっくらとした唇をゆっくりとすべらせて、根元から先っぽまで往復させる。

それだけで、亮一は気持ち良すぎて、酔いしれてしまう。

唇が亀頭冠のくびれを通過したとき、

「ああ、そこ、気持ちいいです」

亮一が思わず言うと、千香子は、でしょ？　とでも言うように髪をかきあげて、上《うわ》目遣《めづか》いに見あげてくる。

と、いきなり千香子の顔が斜めを向いた。

（えっ……？）

びっくりした。

千香子の片方の頬が大きくふくらんでいるのだ。そして、千香子が顔を振るたびに、そのふくらみが移動する。

（これって、ひょっとしてハミガキフェラ？）

そうだ。絶対にそうだ。

亮一のおチンチンの先が頬の内側に触れて、粘膜を擦っているのがわかる。

千香子は歯ブラシで歯を磨くときとは逆に、自分から顔を打ち振って、歯ブラシ代わりのペニスを頬の内側に擦りつけているのだ。

昂奮した。しかし、同時に、千香子の片頬がオタフクのようにふくらんでいて、せっかくの美貌が台無しになっている。

普通なら、女性は自分が醜く見えるのはいやだろう。しかし、千香子はむしろそれを愉《たの》しんでいるみたいに、時々、亮一を見あげるのだ。そのはにかんだような表情がとても色っぽい。

千香子は顔の傾きを変えて、今度は反対側の頬粘膜に先っぽを擦りつけた。

それから、まっすぐに咥えてきた。

両手を亮一の太腿に置いて、口だけで頬張り、ゆっくりと大きく唇をすべらせる。

長い黒髪を時々かきあげながら、タイトフィットなニットに身体を包んだ美女が自分の勃起をおしゃぶりしてくれている。

妙な気持ちだ。だけど、すごく充足感がある。

千香子の右手が伸びて、屹立の根元を握った。包皮をぎゅっと引っ張りおろされる。

多少余っていた包皮がおりていき、亀頭冠が剝きだしになる、ひんやりした感触があった。

包皮を剝きおろされて、あらわになった亀頭冠にゆっくりと唇と舌がすべっていく。右手で握りしめているので、唇は途中までしかいかない。

その代わり、ピストンの幅が短い。つづけて、唇を往復されると、ジーンとした快感があっと言う間にふくれあがってきた。

「ああ、ダメです。出ちゃいます」

危機を伝えた。

すると、千香子はちゅぽんと肉棹を吐き出し、ダイニングテーブルの縁を両手でつかんで、腰をぐいと後ろに突き出し、

「後ろからして、お願い……もう、我慢できない」

亮一を見る。その大きなアーモンド形の目がすでにとろんとして、いやらしく潤みきっていた。

2

亮一は勇んで後ろにまわった。

クリーム色のニットワンピースの裾がずりあがって、大理石みたいな左右の太腿が見えている。もう少しでパンティが見えそうだ。

「できたら、クンニしてもらえるとうれしいんだけど……」

「は、はい……」

亮一は真後ろにしゃがみ、ワンピースの裾をめくりあげる。

(ああ、エロすぎる……!)

ラベンダー色のTバックが、ぷりっとした尻たぶの間に細く食い込んでいた。

タイトフィットのニットで、下着のラインが響くからきっとこんなTバックをはいているのだ。

「横にずらせば、じかに舐められるわよ」

「ああ、はい……」

指示されたように、紐みたいな部分とクロッチをひょいと向かって右側にずらすと、仄《ほの》かな性臭とともにお花畑が顔をのぞかせた。

肉土手がぷっくりと高く、ひろい。そして、鶏頭の花のようにびらびらした陰唇がわずかにひろがって、その奥に赤くぬめる粘膜が見えている。

ごくっと生唾を呑み、そっと顔を寄せた。

肉びらの狭間に舌を走らせると、

「あっ……！」

びくっと尻たぶが震えた。

千香子はもっと舐めてとばかりに、ますます腰を突き出してくる。

無我夢中でクンニをした。

まだまだ、クリトリスとか膣口を集中的に攻めるという段階ではなく、ひたすらそこを舐めるだけで精一杯だった。

それでも、ぬるっ、ぬるっと舌が這うたびに、

「あんっ……あんっ……ぁああ、気持ちいい……きみの舌、すごく感じる」

と、千香子は腰をくねらせる。

きっと、亮一を励ましてくれているのだろう。褒められれば、その気になる。

亮一もただ舐めるだけでなく、いろいろとしたくなった。

まずは、手を尻たぶに当てて、モミモミした。それから、尻たぶをつかんでぐっと外側に開いてみる。

「あっ……いや……」

千香子が羞《は》じらった。

尻たぶとともに陰部もひろがって、内部がぬっと現れる。

そこは美しいピンクにぬめ光っており、尿道口や膣口らしきところまではっきりとわかる。

この体勢だと、膣口が上にある。そのもっとも舐めやすいところに、舌を這わせてみた。膣口周辺から穴の窪みにかけて舐めると、そこはこれまで感じなかった強い酸味や甘酸っぱい香りがあって、

「ぁああ、感じる。そこ、感じる……そんなこと、どこで覚えたの？　ぁああ、欲しくなってきた。ねえ、ちょうだい。きみのおチンチンが早く欲しい！」

千香子がせがんでくる。

こういうときの千香子は、ひとりの女でしかなく、とてもかわいらしい。亮一がいったんTバックを放すと、細くなった部分がふっくりとした肉土手に深々と食い込んだ。

（ああ、これはエロすぎる！）

ついついTバックの後ろをつかんで、引きあげていた。すると、ますますクロッチが肉土手に嵌《は》まり込んだ。

本能の命じるままに、パンティを左右に揺らすと、紐のようになった部分が肉饅《まん》頭《じゅう》に食い込みながら、刺激する形になって、ねちゃ、ねちゃといやらしい音がして、

「ぁああ、ダメよ。そんなことしちゃダメ……ぁあああん、気持ちいい。おかしくなる。わたし、おかしくなる」

千香子はダイニングテーブルの縁につかまって、まるでストリッパーみたいに腰をぐりん、ぐりんとグラインドさせる。

巫女舞は激しい動きがなく、こうやって腰を振るなんてことは絶対にない。だけど、タイトフィットな服で腰をもどかしそうに振るその姿に、亮一はすごくかきたてられる。これを見て、発情しない男はいないだろう。

亮一はTバックを横にずらして、いきりたっているものを押しつけた。

挿入しようと力を込めた。だが、まったく入っていかない。きっと、違うところにあてがっているのだろう。そう思って、位置をさぐってみるものの、なかなか見つからない。

　すると、見かねたのか、千香子が股の間から手を伸ばして、屹立を導いてくれる。

「ここよ……濡れてるでしょ？」

「ああ、はい……」

　確かに、とろとろに濡れている。

「そこに思い切って……そうよ、そう……そのまま！」

　言われるままに腰を突き出していくと、切っ先が柔肉を押し広げていく確かな感触があって、

「ぁあああああっ……！」

　千香子が痛切な声をあげて、がくんと顔をのけぞらせた。

（すごい！　何もしないのに、ぐいぐい締まってくる）

　亮一は歓喜のなかで、動きを止める。

　少しでもストロークしたら、洩らしてしまいそうだったからだ。それほどに、千香子の体内はしっかりと肉棹をホールドしながら、内へ内へと手繰《たぐ》りよせるようにうごめくのだ。

「あっ、くっ……」

　何もできずにいると、焦《じ》れたように千香子が自分から腰をつかいはじめた。

ダイニングテーブルにつかまって、姿勢を低くしながら、あらわになった尻をぐいぐいと後ろに突き出してくる。

「あっ、ちょっと……！」

亮一は反射的に、千香子の腰の動きを止めていた。

「ぁああ、どうしてよ……欲しいのよ。きみのおチンポでもっと突いてほしいのに……ねえ、ねえ……突いて」

千香子は鼻にかかった甘え声を出して、くなくなと腰を揺する。

「す、すみません。出ちゃうので……ゆっくりとやってください」

「……そうよね。考えたら、これで二度目だものね。この前、きみがあんまり強かったから、ついその気になっちゃったわ……ゴメン。このくらいなら、大丈夫？」

千香子が静かに動きだした。

「はい、このくらいなら……」

「ぁああ、感じる。ゆっくりしたほうが、かえって感じるのね。気持ちいいわ。きみのおチンポがわたしのなかを擦りあげてくる。引いていくときのカリが気持ちいいの。カリが逆撫でしていくのが、すごくいい……震えちゃう。ぁああ、あああ」

千香子は鼻にかかった声を洩らしつつ、自ら腰をつかう。

加減してくれているのだろう。全身を後ろに動かしながら、膣で勃起を締めつけてくる。屹立をすべて包み込んでから、前に身体を引く。きっとそのとき、カリが粘膜を逆撫でするのだろう。

「ぁあああ……たまらない」

喘ぎながら、がくん、がくんと尻を痙攣《けいれん》させる。

「ねえ、オッパイも触って」

千香子が求めてきた。

「ええと……」

「待って」

千香子は背中に手をまわして、ニットの上からブラジャーのフックを外した。半身になって、言う。

「これで、ブラカップを押しあげれば、じかにつかめるはずだから」

ああ、なるほど……。

「ニットの内側からつかめば、いいんですね？」

「そうよ。そういうこと……できるよね？」

「はい……やってみます」

亮一は腰まで持ちあがっているワンピースのなかに手をすべり込ませて、胸をさぐってみた。

ひんやりした腹部の肌の上に、ブラジャーの感触があって、ゆるんでいるカップを押しあげるようにして、ふくらみをつかんでみる。

できた！　ほんとうに柔らかな肉層が指腹にしっとりとまとわりついてくる。

両手はやりにくいので、右手だけで揉んでみる。

「ぁああ、そう……上手よ。ぁあん、乱暴にしないで。強すぎる。女の子は大切に扱うの。いい？」

「はい……すみません。ついつい……」

「そのついつい、をいかに抑えられるかが分かれ目なのよ。女は乱暴で何をするのかわからない男に、自分をゆだねられないでしょ？　相手に身も心もゆだねることができて、初めて女性は感じるのよ。自分の性的陶酔にひたることができるの。覚えておくのよ」

「はい……わかりました」

「いいわ。それで……じゃあ、今度は乳首を指でかわいがって……強くしないでいいのよ。女性の乳首はとっても繊細なんだから……やさしく、丁寧に……あとは、自由にしていいから。こうしたら、相手が感じるってわかると思うのよ。その反応が良かったときをしっかりと覚えておくの。忘れちゃダメよ」

「はい……！」

「ちなみに、わたしが感じるやり方は……乳首を転がしながら、トップをかるく叩くの。感じてきたら、多少強く、捏《こ》ねても大丈夫。やってみて」

「はい……！」

亮一はニットの内側の乳房の先を、二本の指でつまんだ。そのまま、右に左にねじると、あっと言う間に乳首が硬くしこってきて、

「あっ……くっ……そうよ。上手いわ……そこで、乳首の頭をかるく叩いてみて。そう……もっと小刻みにトントンして。ああ、そうよ……ぁああ、気持ちいい……」

そう喘ぎながら、千香子は腰をくねらせる。

きっと、乳首を攻められると、下半身にも刺激が欲しくなるのだ。

(よし、ここは……！)

少しでも褒められたい一心で、亮一は乳首の先をトントン叩き、くりっくりっと転がしながら、できるだけ腰を振ってみた。

屈んで、しかも、乳首を捏ねているから、そう上手くはいかない。

わずかに屹立がピストン運動するだけだ。それでも、それがいいのか、

「ぁああ、すごいわ……二箇所攻めができるのね。とても、これが二回目だとは思えない。きみ、素質があるかもよ。わたしが見込んだとおり」

千香子が妙なことを言った。

「えっ……見込んだりとおりって？」

「あっ、そんなこと言ったっけ？　もっと、乳首を捏ねて……捏ねながら、オマンコを突いて。ぁああ、欲しい。ちょうだい」

千香子がせがんで、ぐいぐいと尻を突き出してくる。

亮一は右手で乳房をつかみ、突起を転がす。そうしながら、左手で腰をつかんで引き寄せ、後ろからの立ちバックで屹立を送り込む。

自分でも、二度目でこんな技ができるなんて、不思議でならない。きっと、千香子の指導のおかげだ。

『きみ、素質があるかもよ』という千香子の言葉が頭のなかで繰り返され、それを頼りに腰をつかう。

「あん、あんっ、あんっ……ぁあああ、いい。もっと強く乳首をぐりぐりして……そうよ。そう……ああああ、突いて。今よ。わたしをメチャクチャにして！」

千香子の言葉が、亮一のスイッチを押した。

（ええい、もう出したっていいや！）

乳房を放して、亮一は両手で腰を引き寄せた。そうしながら、射精覚悟でつづけざまに打ち据える。

「あんっ、あんっ……すごい、すごい……きみ、すごすぎる！　ぁああ、そうよ。もっとして。わたしをメチャクチャにして！」

千香子は突かれるたびに、背中に扇状にかかった黒髪を揺らして、テーブルの縁をつかんでいる。

「出そうです。出そうだ！」

「いいのよ、出して……ちょうだい。いいのよ……わたしのなかに注ぎ込んで。いいのよ……」

「出しますよ。出します……ぁあああああ！」

吼《ほ》えながら、亮一は放っていた。熱い精液が駆けあがってきて、ペニスの口を押し広げ、すごい勢いで迸っていく。

そして、千香子も絶頂に昇りつめたのか、がくん、がくんと震えている。

何度にも分けて放たれた精液が出尽くしたとき、千香子はもう姿勢を維持していられないといったふうに、その場に崩れ落ちた。

3

古いが清潔なバスルームでシャワーを浴びた亮一は、用意されていた男物のジャージの上下を着て、ダイニングのテーブルの椅子に腰をおろす。

隣のキッチンでは、男物のワイシャツを着た千香子が料理を作っていた。

肉と野菜を入れたフライパンを返しながら、炒めている。その手付きは想像以上に慣れていた。

千香子は何だって上手なのだと思った。

それに、横から見るワイシャツ姿がエロすぎた。男物のサイズのゆったりした長袖の白いワイシャツで、前のボタンは上から二つ外してある。

下着は一切つけておらず、白いワイシャツから色づいた乳首が二つ、ぽっちりと浮かびあがっていた。それに、パンティもはいていないので、屈んだりすると、ぷっくりとした白いお尻が半ば見えてしまい、ますますドキドキしてしまう。

「はい、できたわよ」

千香子はフライパンから肉野菜炒めを大皿に移し、それをダイニングテーブルに持ってきた。それから、味噌汁と炊きあがったばかりの白米を運んでくる。

亮一の正面の席に座って、

「いただきます」

両手を合わせたので、亮一もあわてて手を合わせる。

今も、千香子の白い男物のワイシャツの胸は左右のたわわなふくらみで張りつめ、二つのぽちっとした乳首が突き出している。

ともすれば勃起しかけるのを必死に抑えながら、味噌汁を啜《すす》ってみた。出汁《だし》が効いていて、美味《おい》しい。ワカメも豆腐もいい感じだ。

「美味しいです！」

思わず言うと、

「よかった。こっちもどうぞ」

千香子がにこっとする。

肉野菜炒めにも箸《はし》をつけてみた。これも、美味しい。味付けが絶妙だ。

「どう？」

心配そうに千香子が訊いてきた。

「美味しいです。ほんと、びっくりしました」

「びっくりした？」

「ええ……先輩、そんなに料理が上手ってイメージがなかったもので」

「失礼しちゃうわ。わたし、もう二十七歳よ。この歳で料理が下手だなんて、それこそ嫁の貰い手がなくなるわよ」

「すみません。あの、千香子さんはお嫁に行くつもりはないんじゃないかって、何となく」

「あるわよ。この間も言ったと思うけど、巫女さんって年齢の上限がせいぜい二十七、八歳で、わたしがぎりぎりなのよ。辞めたら、結婚したいわ。ただわたしに相応《ふさわ》しい男がなかなかいないのよ。わたし、何でもできちゃうし……なんてね」

「確かに……だけどあれですよね。矢代まり江さん、三十八歳でも勤めていますよね」

「彼女は緑袴で、事務職だから。それに……」

千香子が身を乗り出してきたので、上から二つボタンの外れた白いワイシャツから、たわわなふくらみが二つのぞいてしまった。

あわてて視線を戻すと、千香子が声を潜めた。

「これはここだけの話ね。じつは、彼女は叔父さんの愛人なの」

「えっ……？　叔父さんって、榎田宮司のことですよね？」

「そう。じつはね……」

千香子によれば、まり江は若い頃に男茎神社で巫女をやっており、結婚を期に巫女を辞めた。だが、五年前に夫を癌《がん》で亡くし、それでは食うに困るだろうと、榎田宮司がまり江を事務職として雇ったのだという。

まり江は仕事に専念し、やがて、事務長へと昇格した。その頃に、二人はできたのだという。

「叔父さんは叔母との夫婦関係が上手くいっていないのよ。親戚が集まったときも、それはひどいのよ。お互い口を利こうとしないし、こっちが逆に気をつかうくらいで。叔父さんとまり江さんは元々惹かれあっていたみたいだし、二人が不倫関係になったのも自然と言えば自然なのよ」

亮一はびっくりを通り越して啞然とした。

「でも、最近は二人、よそよそしいのよね。たぶん、叔父さんのアレが言うことをきかなくなったんだと思う。叔父さんはもう五十七歳だし、宮司っていろいろと気をつかうからね。だからわかるのよ、まり江さんが欲求不満なのが。女同士だからね。まり江さん、すごく性欲強そうだし……叔父さんじゃあ、持て余すわよね」

「……知りませんでした。宮司が事務長と不倫なんて、マズくないですか？　ばれたら、大変ですよ」

「だから、わたしたちは知っていても知らないフリをしているし、むしろ、ばれないように庇《かば》ってあげてる感じよね。それを言うなら、わたしときみだって、マズいよね。もちろん、二人とも結婚していないから自由ではあるけれども……巫女長がバイトの男の子に手を出すなんて」

そう言って、千香子が椅子に座り直した。

直後に、亮一は股間に何かが触れるのを感じた。下を見ると、千香子の足だった。クリアカラーのペディキュアがされた形のいい足指が、ジャージズボンの股間を撫でまわしてくる。

「うちの神社に勤めていたら、みんなそうなるのよ。何しろ、ペニスが御神体で、みんなでおチンチンを奉《たてまつ》っているんだから。本殿や拝殿に大男茎が祀ってある神社なんて、うちくらいのものよ。キンタマだって祀ってあるしね……」

そう言いながら、千香子は亮一の睾丸を足指で撫でている。

「……でも、子孫繁栄と五穀豊穣《ごこくほうじょう》を祈願するなら、男性器や女性器を祀るって、ある意味すごく理に適《かな》っているのよ。たとえば、古事記にだってこう書いてあるわ。イザナギノミコトという男の神様と、イザナミノミコトという女の神様がいて、二人は人間の身体を借りて、男性器と女性器を合わせてみた。そうしたら、大地や他の神様が生まれたの。これを『みとのまぐわい』と言うのよ。だから、うちが男根を祀るのはとても理に適ったことなの。ここは、性と聖が融合しているところ。豊年祭、きみも何度も見ているだろうけど、じつは、祭りはあれだけじゃないのよ……」

「えっ……どういうことですか？」

「じつは、あのあとでうちの本殿で……ああ、ゴメン。きみには、まだ早いわね。もう少ししたら、教えてあげる……早く、食べちゃいましょう。そのあとで、もう一度セックスしようか」

千香子の足が股間から遠ざかっていく。

（そうか。このあとで、また千香子さんを抱けるんだ！）

宮司と事務長の不倫の話はショックだった。それに、豊年祭のあとで、男茎神社の本殿で何が行われるのかも知りたい。

しかし、美味しい手料理と、もう一度この人を抱けるという期待感が、それを頭から追い出していった。

4

夕食を終え、少しテレビを二人で見てから、千香子は亮一をベッドルームに誘った。

そこは洋室で、セミダブルのベッドや鏡台が置いてあった。

千香子はベッドに仰向けに寝て、亮一を手招き、じっと見あげてきた。

「これまではわたしが積極的にしてあげたけど、今夜はきみがリードしてみて。大丈夫よ、不安にならないで。わたしが愛撫の仕方を教えてあげるから。どうやったら、女の子が感じるかを……まずは服を脱いで、ベッドにあがって」

リードできるかどうかは大いに不安だが、千香子がコーチしてくれるから安心だ。

あの弓道部の夏合宿のように。

亮一は急いで裸になって、ベッドにあがった。

「ワイシャツのボタンを外してほしい」

千香子がきらきらした目を向けてくる。

すでに上から二つのボタンの外された男物の白いワイシャツ。その大きく開いた襟元からは真っ白な乳房が二つこぼれでている。

このワイシャツはたぶんこれまでつきあった男が残していったものなのだろう。自分のものより大きいから、きっとガタイのいい男だったに違いない。

気後れを感じる。しかし、ここは負けずに頑張るしかない。

震える指先をワイシャツのボタンに手をかけて、ひとつ、またひとつと外していく。

すべて外すと、はだけたワイシャツから乳房がこぼれでた。

乳首のツンと尖《とが》った乳房はたわわで、上側の直線的な斜面を下側の充実したふくらみが押しあげている。

（ああ、いつ見ても大きくて、形がよくて、いやらしい！）

ごくっと生唾を呑んだ。

「最初は唇にキスをして。キスをしながら、胸をやさしく揉んで……ほぐれてきたら、乳首をつまんで……わたしが感じはじめたら、キスを唇から乳首へと移していって……できそう？」

「ええ、はい……やってみます」

「これか、スタンダードなやり方だけど、少しくらい、変わったって全然かまわないのよ。でも、一応基本を押さえておいたほうがいいでしょ？」

「はい……」

「来て。キスして」

千香子が両手を伸ばした。

その両手に包み込まれるように、亮一は唇を重ねていく。

初めてのときはまるでやり方がわからなかった。今もまだそうだけれども、焦ってはダメだということは何となくわかってきた。

ちゅっ、ちゅっと窄《すぼ》めた唇を押しつけ、顔を抱きしめようにして唇をぴったりと合わせた。すると、いったん口を離した千香子が唇を舐めてくれる。

赤く細い舌が、亮一の唇を湿らせ、唾液にまみれる。

お返しとばかりに亮一も、千香子の唇を舐める。

二人の唇はお互いの唾液でぬるぬるになり、そうすると、唇を擦りあわせるだけで気持ちがいい。

「舌を差し込んでみて」

千香子が囁く。

言われたとおり、おずおずと舌を差し入れる。と、口腔のなかで柔らかな舌の先がちろちろとくすぐってきた。徐々に激しくなって、やがて、千香子の舌がねっとりとからみついてきて、亮一はその激流に身を任せる。

舌の動きのひとつひとつに情熱を感じる。体の芯が蕩《とろ》けていくようだ。

千香子が動きを止めて、今度は亮一が攻撃してみる。

されたのと同じように舌先でくすぐり、それから、なるべく全体をからめながら吸う。そして、千香子のさらさらの髪を撫で、気持ちを込めて、抱きしめる。

「んんんっ……んんんっ……」

千香子はくぐもった声を時々洩らして、情感たっぷりに亮一の背中をさすってくる。

その手が前にまわって、股間のものをとらえた。

いきりたっている肉柱を握り込み、時々、思い出したようにしごく。

（ああ、気持ちいい。おチンチンがどんどん硬くなっていく！）

亮一は千香子のサジェスチョンを思い出して、乳房を揉んだ。

キスをしながら、右手で胸のふくらみをつかみ、やわやわと揉む。キスと手と両方集中しないといけないので、難しい。

それでも、柔らかなふくらみが形を変えながら、手のひらに吸いついてきて、とても昂奮する。

（そうだ。ここで、乳首を……）

唇を合わせながら、手さぐりで突起をさがした。

あった。突き出している部分をつまんで、くりくりと左右にねじってみる。すると、柔らかかった乳首が一気に硬度を増して、硬くなってきた。その存在感を増した突起を指腹で転がし、トップをトントンと指先で叩く。

さっき、千香子に教えてもらったやり方だ。

それをつづけていくと、千香子の様子が一変した。

「んんんっ……んんんんっ……」

湧きあがる快感をぶつけるように舌をからませてくる。下腹部がせりあがっているのがわかる。

ついには唇を離して、訴えてきた。

「ぁああ、我慢できない。ねえ、オッパイを吸って、お願い……」

望むところだ。亮一が片方の乳首にしゃぶりつくと、

「ぁあああ……！」

感に堪えないといった声を洩らして、千香子がびくんと震えた。

(よし、感じてくれている！)

千香子の反応が自信を与えてくれる。

ゆっくりと上下に舌でなぞり、左右に細かく弾《はじ》いた。本能の命じるままにチューッ

と吸い込むと、

「はぁああ……おかしくなる」

千香子は両手を頭上にあげて、枕をつかんだ。

男物のワイシャツがはだけて、乳房が丸見えになっている。それでも、まだ白い長袖が腕を隠している。

（そうか、吸われても感じるんだな）

亮一はもう片方の乳首も同じように、舐めて吸った。

「そうよ、そう……上手よ。できたら、もう片方の乳房も揉んでみて。強くしなくていいから」

千香子の教えどおりに、亮一はもう一方のふくらみを揉みしだく。そうしながら、こっち側の乳首を舐め転がしたり、吸ったりする。

「あああ、あああああ……気持ちいい……ねえ、そろそろ下のほうへ。ゆっくりと焦らすようにおろしていって……そう、撫でおろして……そう、キスもして。そう、舐めて……そう、それよ」

亮一は胸から腹部へと、あわてずじっくりと愛撫を移していく。

千香子のすらりと長い足の間にしゃがんだ。ワイシャツがはだけて、漆黒の翳りが長方形に密生しているのがよく見える。I字形の恥毛の、生え際の青さがかきたててくる。

「舐めて、早く……もう、欲しくてしょうがないの」

千香子がせかしてくる。

亮一は期待に応えようと、貪りついた。

どうしていいのかわからず、ひたすら狭間に舌を走らせる。すると、それだけで、千香子はこれが欲しかったとばかりに、腰をせりあげながら、

「ぁあぁ、それよ……いい。いいの。蕩けていくわ。わたしのあそこが蕩けていく……ぁああああ」

心から感じているという声をあげる。

亮一がひたすら狭間の粘膜を舐めつづけていると、千香子が言った。

「そろそろクリちゃんにも欲しいわ。上のほうに突起があるでしょ？　そこを舐めてほしいの。下から上へと舐めあげられたほうが、女は感じるのよ。よく見ると、フードみたいなものをかぶってるでしょ？　いいわよ。触って、確かめてみて」

言われるままに、おずおずと肉芽に触れてみた。確かに、それは雨合羽のフードみたいな包皮をかぶっているようだ。

「なかには、敏感すぎて、それをかぶせたままクンニされるのがいいという人もいるわ。でも、わたしは脱がせてほしい派なの。上のほうに指を当てて、かるく引っ張りあげると簡単に剝けるから……つづけていくと、女の子は気持ち良くなって、入れてほしくなるわ。そうなったら、入れて……いい。それまで、じっくりと愛撫して。女の子が欲しいと感じるまでは、我慢して。できる？」

「はい」

「じゃあ、やってみて」

亮一は緊張しつつ、突起の上部に指を添えて引きあげてみた。すると、簡単に包皮が剝けて、珊瑚色の肉芽が顔を出す。

思っていたより大きい。それに、充血したように赤く張りつめている。

「舐めてみて。ゆっくりと丁寧に、下から上へと……ぁああ、そうよ。そう……あっ……あっ……ぁあああ、つづけて」

亮一は連続して下から舐めあげる。小さな真珠玉を舌でなぞりあげていくと、

「んっ……あっ、ぁあああ、それ……おかしくなる。わたし、おかしくなる……ぁあ

ああ、吸って。クリを吸って！」

千香子が求めてきた。

(そうか……千香子さんは乳首もクリも吸ってほしい人なんだな)

つづけて、チュチュッ、チューーッと肉芽を吸いあげる。

「あっ、あっ、あっ……はぁあああ……もう、もうダメっ……ねえ、欲しい。きみのカチンカチンが欲しい。ちょうだい。もう、ちょうだい」

とろんとした目を向けて、千香子が哀願してくる。

女性が求めてきたら、挿入していいと言った。今がそのタイミングだ。

「最初は正常位でね。わたしは何もしないから、きみがするのよ」

「はい……やってみます」

亮一は膝の裏をすくいあげてみた。ぐっと両足があがり、少し開くと、翳りの底に女の花が開いていた。

クンニしたせいで、それはぬるぬると光っている。おびただしい蜜があふれて周囲を濡らせている。

(すごい。女の人は感じてくると、こんなにいっぱい濡らすんだ!)

亮一はいきりたっているものをあてがいにかかる。両手で膝をつかんでいてはやりにくい。片足を放し、その手を屹立に添えて、翳りの底に導いた。

すぐに挿入しようとしたが、全体が濡れすぎていて、どこが膣口なのかよくわからない。きっと冷静になったら、すぐにわかるはずだ。だが、昂奮してしまっているので、焦ってしまう。

ダメだ、焦るな……と自分に言い聞かせる。

切っ先でさぐっていると、それらしきところがあった。思っていたより、ずっと下のほうだ。

押し当てたまま、少しずつ力を入れていくと、途中で何かがほぐれるような感覚があって、切っ先が嵌まり込んでいく感触があり、

「あっ、くっ……！」

千香子が低く呻いて、顔をしかめた。

そのまま一気に体重を乗せると、先端が奥へとすべり込んでいき、全体が熱い祠《ほこら》に包まれて、

「あああ、入ってきたぁ！」

千香子が顔をのけぞらせた。

(くっ……なかが温かい！)

今日二度目の挿入だったが、千香子のそこはさっきより熱く火照っている。

亮一はアダルトビデオで見た正常位を思い出していた。

両膝の裏をつかみ、押しあげながら、ひろげる。すると、膣の位置も少しあがって、勃起と膣の角度がぴたりと合った。

（ああ、これ、自然に深く入る感じだ……よし、このまま動けば）

亮一は上体を立てたまま、慎重に腰をつかった。

急いでピストンしたら、あっと言う間に出してしまうだろう。もっとも今夜は二度目だから、少しは長持ちするだろうが。

ゆっくりと出し入れする。

まったりとした粘膜が波打つように、行き来する分身にからみついてくる。

（ああ、気持ちいい……包み込まれる。くいっ、くいっと奥へと引きずり込まれる！）

もたらされる快感をそれ以上ふくらませないように気をつけながら、ゆったりとストロークをする。

急いで動かすよりは、このほうが膣の締まりやうごめきをつぶさに感じることができる。

それに、千香子も充分に感じているように見える。

（そうか……最後に射精するとき以外は、ゆっくりとしたピストンでいいんだな。焦

らなくていいんだ）

静かに腰をつかった。これなら、射精する心配はない。

「いい感じよ、その落ち着き……あとはね、打ち込むときに、途中からすくいあげるように腰をつかってほしいの。いったん下に向かって打ちおろしながら、途中からおチンポを上に向けてすくいあげる感じ……そうすると、Gスポットを擦られて、気持ちがいいの。わかる、Gスポット？」

「ああ、はい……一応」

「Gスポットは膣の上にあるから、亀頭部で擦りあげる感じ。きみのはとくにカリが発達しているから、カリで引っかく感じかな。わかる？」

「はい、何となく」

「で、突くよりも引くときのほうが引っかかりやすいよね。楔《くさび》の形を考えたってそうでしょ？」

「確かに……」

「だから、突くときよりも、引くときを意識して。カリで逆撫でする感じかな。わかる？」

「ええ……」

「いいわよ。やってみて」

亮一は言われたことに集中して、抜き差しをしてみた。

両手で膝裏をつかんで押しあげ開かせながら、ぐいと上から突き刺し、途中からすくいあげる。やってみると、意外に上手くいく。

切っ先で弧を描くように腰をつかう。

そして、引くときに、カリで引っかくようにする。ぐんっと差し込んで、ゆったりと引いていくと、

「ぁあああ、そう……ぁあああ、気持ちいい……力が抜けてしまう。背筋がぞくぞくする……ぁあああ」

千香子が顎をせりあげて、眉根を寄せた。いつもは凛としている千香子が、今にも泣き出しそうに顔をゆがめている。

しかも、これは苦しいのではなく、気持ちいいからだ。

はだけた男物のワイシャツからのぞくたわわな乳房を長く伸ばすような形で、千香子は両手を頭上にあげて、枕をつかんでいる。

今度はゆっくり打ち込んで、速く引いてみた。

「あはっ……！」

千香子がいっそう激しく喘いで、まるでもっと入れていて、とでも言うように、下腹部をせりあげてきた。

「気持ちいいですか？」

「ええ、たまらない。背筋に電流が走る。好きなように突いてみて。女をもてあそぶ感じで……」

亮一は強く打ち込んで、強く引く。

今度は強く打ち込んで、ゆっくりと引いていく。

次は、ゆっくりと打ち込んで、素早く引いていく。

その次はゆっくり打ち込んで、ゆっくりと引いていく。

すると、千香子はその動きに翻弄されるように身悶えて、

「あんっ……ぁあああああ、あああ、おかしくなる。わたし、おかしくなる……ちょうだい。もっとちょうだい。ぐいぐい打ち込んで……好きよ。亮一くん、好きよ……ぁああ、抱いて、ぎゅっと」

顔をのけぞらせ、訴えてくる。

（よし、ここは千香子さんの期待に応えて……）

亮一は膝を放して、覆いかぶさっていく。

幸い、今夜二度目ということもあって、まだ射精しそうにもない。これなら、どうにかもちそうだ。上から覆いかぶさるように密着すると、

「重いよ、重い……もう少し、自分の体重を肘で支えなさい」

千香子に怒られた。

「ああ、すみません」

「いいのよ。キスして……キスしながら、ピストンできる？」

「やってみます」

亮一が唇を重ねると、千香子が自分から舌を入れて、まさぐってくる。亮一もそれに応えながら、腰を振ってみる。

どうにか上手くできた。

千香子の顔を抱えるようにキスをし、腰を打ち据える。すると、千香子は足を大きくM字に開き、亮一のイチモツを深いところに導きながら、

「んんっ、んんっ……」

と喘ぎ声をくぐもらせる。

千香子は亮一を両腕でがしっと抱き寄せ、自ら唇を重ね、舌を吸いつつも、下腹部を貫かれる悦《よろこ》びを全身で表す。

（ああ、すごい……先輩はきりっとした美人なのに、いざとなると、やることがエロすぎる！）

千香子がキスをやめて、とろんとした目で言った。

「……キスしながら、あそこを突かれると、メロメロになっちゃう。すべてを許したくなる。すべてを与えたくなる……そのまま、胸を揉んで、乳首を吸ってみて。大丈夫、できるはずよ。乳首の攻め方は教えたよね？」

「はい……やってみます」

亮一は背中を曲げて、乳房の頂にしゃぶりついた。

ふくらみを揉みながら、先っぽを舌で上下左右に舐め、かるく吸うと、

「ぁあああ、いい……あっ、あっ……ねえ、そのまま突いてみて。オマンコをぐいぐい突いて」

千香子がせがんでくる。

心のなかでうなずいて、亮一はうぐうぐと乳首をしゃぶり、吸いながら、できる限りストロークを試みる。姿勢的にあまり深くは入らない。

それでも、切っ先が千香子の熱い蜜壺をうがち、

「ああ、気持ちいい。亮一くん、呑み込みが早いわよ。今度は座位を教えてあげる。

座ってやる体位ね。上体を立てて、自分は座りながら、わたしの背中をつかんで引きあげて」

「こうですか？」

亮一は千香子の背中に手をまわして、ぐいと持ちあげながら、自分は足を伸ばして座る。途中から千香子は自力で起きあがってきた。

ワイシャツを脱ぎ、一糸まとわぬ姿になると、亮一の肩に手を置いた。

「これが対面座位。オッパイを吸ってみて……」

亮一は屈むようにして、乳首を舐め、吸う。すると、千香子は気持ち良さそうに喘ぎながら、自分で腰をつかう。

乳首を吸われながらも、ちょっとのけぞるようにして、ぐいぐいと腰を振って、屹立を揉み抜いてくる。

「これで、きみが後ろに倒れれば、騎乗位になる。これが、体位の移行。でも、つながったままでしなくちゃいけないってことはないのよ。抜いてしたって、全然かまわない。後ろに倒れられる？」

「はい……」

亮一が上体を倒すと、千香子が両手を肩に置いた。上から亮一の肩を押さえつけるようにして、腰を上げ下げする。

（ああ、自分が犯されてるみたいだ。だけど、積極的な先輩はやっぱりいい！）

千香子が腰を持ちあげ、トップから落としてくる。

またすぐに引きあげて、今度はじっくりと落とす。

そのまま、腰をグラインドさせて、屹立を根元からぶんまわす。

そうしながら、上からじっと亮一の表情をうかがっている。ふふっと口許《くちもと》に笑みさえ浮かべて。

ふいに、亮一に欲望が芽生えた。

千香子が腰をおろすときを見計らって、いきなり下から突きあげてみた。腰をおろす勢いと突きあげる勢いがぶつかりあって、

「うあっ……！」

千香子がすさまじい声をあげて、のけぞった。

「あっ、あっ……」

その余韻を引きずって、がくん、がくんと震えている。

今だと感じた。本能が今だと命じている。

亮一は一気に、ぐんっ、ぐんっ、ぐんっとつづけざまに腰をせりあげる。すると、

いきりたちが激しく千香子の体内を突いて、

「あんっ、あんっ、あんっ……ぁあああ、すごい……亮一、すごい……あん、あんっ、あんっ……」

突きあげられるたびに、千香子は上でぐらんぐらん揺れ、顎をせりあげる。

身体とともにたわわな乳房も上下に波打ち、さらさらのストレートヘアもばさばさ揺れて、肩や胸にもかかる。

さすがに疲れて、亮一が突きあげを休むと、千香子が言った。

「ねえ、最後に後ろからして。わたし、じつはバックからがんがん攻められるのが大好きなの。できそう？」

「はい……やってみます」

千香子が緩慢な動作で、ベッドに四つん這いになった。

日頃は動きの速い千香子が、今はもう随分とゆっくりとしか動けない。それか、千香子がいかに感じてしまっているかを物語っているようで、亮一はひそかに昂奮する。

すでにバックは経験がある。

思い出しながら、後ろについて、蜜まみれの肉柱を双臀の底にそっと押しつける。

(確か、このへんだったはずだ)

屹立の先を擦りつけていくと、濡れて窪んだ個所があり、ああ、ここだと腰を進めていく。

するると、切っ先が潤みきった谷間をすべり落ちていく感じがあって、

「ぁあああ、キツい……くっ」

千香子が背中を反らせて、シーツをつかんだ。

「このくらい足を開いたほうが、いいかもね」

と、千香子が膝をひろげて、腰の位置を調節してくれる。確かに、このくらい低いほうが、亮一もストロークしやすいし、ペニスの角度がちょうどいい。

「最初は正面からして。それから、バックというのがいいかもしれないわね。バックはね、おチンチンがすごくダイレクトに奥に届くの。だから、好き。それに、顔を見られないしね……女の子はセックスするときだって、自分がへんな顔をしていないかって気にしてるの。できる女性ほど、つねに男の視線を意識しているものなのよ。正常位だと顔が丸見えでしょ？　へんな顔をしていたら、どうしようっていつも不安なの。でも、バックならどんな顔をしても、見えないから安心できるのよ。わたしだけじゃなくて、多くの女の子が思ってることだから」

「……知りませんでした」

「そうよね。男には女心はわからないのよ。お化粧で毎日自分と向き合って、すごく大変なのよ。ゴメン……いろいろ言いすぎたわ。ああ、欲しい。イキたいの。イカせて……お願い。女はね、自分をイカせてくれた男は特別な存在になるのよ。きみも特別な存在を目指して……ああ、ちょうだい」

千香子の言葉に駆り立てられて、亮一は腰をつかった。

細く引き締まったウエストから急激にふくらんだ尻をつかみ寄せ、ぐいぐい打ち込んだ。お尻のぶわわんとした弾力がたまらない。

オッパイと同じように、尻の肉感は男をかきたてる。それも、オッパイよりもすごくいやらしい性的な劣情だ。きっとこのすぐ近くに女性器があるからだろう。

「ダメ、ダメ……ただ強くすればいいってものじゃないの。後ろからするときも、女の反応をよく感じて、ゆっくりでいいのよ。焦れてきて女が求めてきたら、徐々に激しくして。そのほうが女は感じるのよ。最初からガンガン突いたら、安心して身を任せられない。わかった？」

「ああ、はい……わかります」

男はただ欲望をぶつけるだけではなくて、つねにコントロールしていかなくてはいけないということだろう。

亮一は意識的にゆっくりと差し込んでいく。

「そうよ、そう……そのくらい……焦れてきたら、女性が自分から腰を振りだすから。そうしたら、それに応えてあげて……ぁああ、焦れったくなってきたわ。ぁああ、恥ずかしい……腰が勝手に動くの」

千香子が全身をつかって、尻をぶつけてくる。

(よし、今だ！)

亮一は尻をつかみ寄せて、徐々にピッチをあげていく。

「あんっ、あん、あんっ……そうよ。そう……」

喘いでいた千香子が右手を後ろに伸ばしてきた。

「手をつかんで、後ろに引いて。このほうが一体感があるし、衝撃が逃げないからお互いに気持ちいいのよ」

言われるままに肘のあたりを握ると、千香子も握り返してくる。

その腕を後ろに引き、のけぞるようにして、腰を突き出していく。限界を迎えつつあるイチモツをぐいぐいと押し込んでいくと、

「あんっ、あんっ、あんっ……すごい、すごい……突き刺さってくる。あなたのチンポが突き刺さってくる。お腹が揺れてる。ぁああ、内臓を貫かれてるみたいよ……ぁ

ああぁ、イキそう。わたし、またイッちゃう！　出して。もう出して……こっちがもたない。ちょうだい……」

千香子が亮一の腕をぎゅっと握る。

亮一も追い詰められていた。潤みきった女の壺が抜き差しをするたびに、ぎゅっ、ぎゅっと締めつけながら吸いついてくる。

（出していいんだ。我慢しなくていいんだ。ぁあああ！）

スパートした。千香子の腕をがしっと握り、猛烈に腰を叩きつける。

乾いた音がして、「あん、あん、あんっ」と千香子のさしせまった喘ぎが聞こえる。

マットが軋み、ベッドも揺れている。

それればかりか、この古い家全体が軋んでいるようだ。

そのとき、今日見た、千香子の厳かで優美な巫女舞の姿が脳裏にくっきりと浮かびあがった。

（信じられない。俺は結婚式で舞っていたあの巫女とセックスしているんだ！）

一気呵成に腰をつかった。

「あん、あんっ、あんっ……ぁあああ、イクわ、イク……」

「イッてください。俺も出します」

亮一は残っていたエネルギーをすべて使って、怒張を打ち込んだ。

「イク、イク、イッちゃう……一緒に。ちょうだい……イクぅぅ……！」

千香子が絶頂を告げる声をあげ、がくん、がくんと躍りあがった。

次の瞬間、亮一も放っていた。

「あああ……！」

吼えながらしぶかせる。体が内側から崩れていくような放出の悦びが全身を貫く。熱い男液を浴びながら、千香子も細かく痙攣している。

その痙攣が膣にも及び、亮一の残液は一滴残らず、搾り取られていった。

慎重に腕を放すと、千香子はもう身体も支えていられないといった様子で、前に突っ伏していく。

結合が外れて、亮一はそのすぐ隣にごろんと横になった。

千香子はいまだ反対を向いて、胎児のように丸くなっている。

（ついに俺は……！）

亮一は感激をあらたにしていた。

神社での初体験もさっきの速攻セックスも素晴らしかった。しかし、こんなにじっくりと女体を愛したのは初めてだった。

（とうとう俺は男になった。いや、千香子さんに男にしてもらった）

千香子の二の腕を撫でると、千香子はゆっくりと向き直って、亮一の腋《わき》の下に顔を埋《うず》めてきた。

第三章　とろめく生娘《きむすめ》

1

神社のアルバイトが休みであるその日、亮一は玉門《ぎょくもん》神社に向かって、自転車を飛ばしていた。

前日、急に糸原美宇から連絡があった。

なるべく早く、逢いたいと言う。

亮一が明日はバイトが休みであることを告げると、美宇はそれなら、明日の午後四時半に玉門神社に来てくださいと言う。

もちろん、即座にＯＫした。

ようやく、美宇と逢える。しかも、彼女のほうから連絡をしてきてくれたのだ。

昨年は美宇が短期大学看護科に入り立てで多忙なこともあって、一年で二度しか逢うことができなかった。この春休みもいい返事が聞けず、また、自分がアルバイトをはじめてしまったこともあって、美宇と逢うことを半ば諦めていた。

なのに、美宇のほうから誘いの電話があったのだ。しかも、デートの場所が玉門神社とは……。

あそこは女性器を祀《まつ》ってある神社だ。そこでデートをしたいというのは、何かこれまでとは心境の変化があるのではないか？

ペダルを漕ぐ足についつい力が入ってしまう。

息が切れてきた。かまわず自転車を漕ぎつづけて、玉門神社に到着した。駐車場に自転車を止めて、大きな鳥居を潜り、参道を進んだ。

美宇の姿をさがしながら玉砂利の上を歩いていくと、

「酒巻さん！」

どこからか、美宇の声が聞こえた。声がしたほうを振り向くと、神札所に巫女の格好をした美宇が座っていた。

（えええっ……！　なんで美宇が巫女さんを？）

頭がパニックになった。ふらふらと近づいていく。

するとと、美宇も神札所を出て、歩いてくる。

巫女装束の美宇のあまりの可憐さに、亮一はのぼせたようになってしまった。

長い黒髪を紫色の布を巻く形で絵元結をしている。つぶらな透きとおるような鳶色《とび》の瞳をしているのだが、いつも伏目がちではにかんだような表情をしていて、それが慎み深くて清楚な印象をもたらす。それに、小さめだがふっくらとした唇が、とても愛らしい。

元弓道部で着慣れているせいもあるのか、袴姿がばっちりと決まっていて、凛々しささえ漂っている。それに、白衣の胸元を押しあげたふくらみは、白衣の上からでも明らかに豊かであることがわかる。

急いでやってきた美宇が、立ち止まって亮一を見た。

「ゴメンなさい。昨日、言っておけばよかったんだけど、アルバイトで巫女をしているんです。五時になったら終わるから、それまで時間をつぶしてもらえると、助かります」

「わかったよ。まさか巫女をしているなんて知らなかったから、びっくりしちゃって……でも、大丈夫。五時に、拝殿の前にいるよ」

「五時を少しまわるかもしれません」

「大丈夫。そうだ、せっかくだから、お守りでもいただくよ」

言うと、美宇がふたたび神札所へと戻っていく。

神札所には、様々な御札やお守りが並んでいる。そのなかで、かわいい鈴のついた交通安全のお守りを購入した。

「よくお参りいただきました」

と、美宇が包装したお守りを渡してくれる。

指と指が少し触れて、ドキッとする。

(ああ、やっぱり俺は美宇が好きだ！)

胸ときめかせながら、亮一は神札所を離れて、境内を歩く。

姫の宮とも呼ばれる社殿には、口許が女性器のようにスリットの入ったオタフクが祀られ、古くから女性の守護神として崇められ、子授け、安産、縁結びの神社として信仰を集めてきたという。

今も、境内の至るところに、女性器を模した木の祠や、石、岩などが置いてある。

以前に来たときよりも、気恥ずかしく感じてしまうのは、きっと亮一が女性器の実態を知ったからだろう。

しかし、ここは女性の守護神でもあるのだから、美宇が働いていたとしてもそれはそれで問題ない。

縁結びの池をぐるっとまわり、しばらくベンチで休んだ。

（しかし、美宇の巫女姿、清楚でかわいかったな……終わるのが五時過ぎか。一緒に夕食を摂って、それから……）

ごく自然に、美宇とキスをして……と想像してしまうのは、きっと自分が童貞を卒業したからだ。今までぼやけていた部分がはっきりしてきて、段取りを考えることができるようになったのだ。

そう考えると、榎田千香子とのセックスは経験を積むという意味で、とても大切なものだったような気がする。

午後五時に拝殿の前まで行って待っていると、しばらくして美宇が私服姿でやってきた。

相変わらず、かわいかった。

美宇はニットのセーターを着て、ミニスカートをはいていた。髪はポニーテールにまとめている。

さっきの巫女装束もよかったが、私服だと十九歳のぴちぴちした若さがダイレクトに感じられる。それに、タイトフィットのニットなので、胸のふくらみの豊さが強調されている。

「参拝する？」

と、美宇が見あげてきた。

「ああ、そうだね」

二人は女性器をかたどった鈴を鳴らし、お賽銭を入れて、二礼二拍して手を合わせる。拝殿には、口許が女性器の形をした巨大なオタフクが飾ってあって、手を合わせるときもついついそこに目が行ってしまいそうになる。

そんな気持ちを抑えて、「糸原美宇さんとつきあえますように」とたっぷりと祈願した。

すぐ隣で、美宇も一緒に手を合わせている。

そのことが、これ以上ない至福だった。

最後にまた一礼し、肩を並べて、鳥居に向かいながら、美宇を食事に誘ってみた。

「ご飯一緒に行く？」

「いいですよ。この時間だし……」

「じゃあ、どんなところがいい？」

「個室のあるところがいいかな。秘密の話をしたいから」

美宇が言ったので、ドキッとした。

「秘密って？」

「あまり人に聞かれたくない話だから」

どんな内容なんだろうと頭を巡らせつつ、提案してみた。

「鍋料理Sなら、個室があるんだけど……」

「いいですね。わたし、あそこのモツ鍋が好き」

「じゃあ、Sにしようか」

亮一は自転車を押して、美宇は徒歩で鍋料理Sに向かう。

この町の北を走る川のほとりを歩きながら、話しかけた。

「俺もずっと逢いたかったんだ」

「ゴメンなさい。わたしも看護実習が大変で、なかなか時間を取れなくて」

「……そのわりには、巫女のバイトをしているんだね。知らなかった」

「三月は短大も休みだから。それに……わたし、あの……」

美宇が言いよどんだ。

「途中でやめないで、話してよ」

「それは……お店でじっくりと話す」

「……じゃあ、そうしよう」

美宇が言葉を呑み込んだ理由が気になったが、こうして二人で川のほとりを肩を並べて歩いていると、気持ちがほっこりしつつも胸が熱くなって、やはり、自分は美宇がいちばん好きなのだな、と実感する。

「ああ、そうだ。じつは俺も今、男茎《おはせ》神社で出仕のバイトをしているんだ」

「知ってる」

「えっ……知ってたの？」

「ええ……」

「そうなんだ」

ちょっと驚いた。数人の友人には言ってあったから、そっちからまわりまわって、美宇の耳に届いたのかもしれない。

二人は少しの間、無言になり、やがて店に到着した。

素朴な感じの店で、客はさほど入っていなかった。ここなら、秘密の話もできそうだ。二人は奥のほうにある個室になった座敷《ざしき》席にあがった。

そこで、ウーロン茶を頼み、ここの名物でもあるモツ鍋を注文した。

お互いの大学生活を報告している間に鍋が来て、モツが煮える前に、亮一は気になっていたことを訊いた。

「さっきの件だけど、何なの？」

「じつはわたし……」

美宇が伏せていた顔をあげて、言った。

「……今年の玉門神社の豊年祭で、花嫁に選ばれたの」

「花嫁って、あのオタフクの巨大ハリボテの前に座る、文金高島田の花嫁だろ？　いいじゃないか。美宇なら、絶対に似合うよ。花嫁姿を見ておきたいしね」

亮一はにこにこして言う。美宇があの花嫁をやったら、最高だろう。

喜んでいいはずだ。しかし、なぜか美宇の顔には影が落ちている。

「亮一さん、知らないのね」

「何を？」

「二つの神社の豊年祭が終わった夜、何が行われるかを……」

美宇が悲しそうな顔をした。

「つまり、男茎神社の豊年祭が終わったその夜ってことだよね？」

「ええ……じつは、男茎神社の本殿で、ある秘密の儀式が行われるのよ」

亮一は急に不安になってきた。いやな予感がする。

「男茎神社では、猿田彦《さるたひこ》のお面をかぶった男が行列の先頭に立つことは知ってるよね？」

「ああ、知ってる。つまり、神様がこの地に降りてきたとき、それを導いたのが猿田彦だったからだろ？」

「そう……その猿田彦をやった男が、玉門神社で選ばれた花嫁の処女を散らすのよ。猿田彦がオタフクのお面をかぶった女の処女を奪う、その行為が儀式として、神様に奉納されるわけ。子孫繁栄、五穀豊穣の意味もかねてね……猿田彦も花嫁もそれぞれお面をかぶっているから、正体は誰かわからないのよ」

美宇がまさかのことを口にした。あまりにも馬鹿馬鹿しすぎて、とても事実だとは思えない。いや、認めたくない。

「ウソだろ？」

ウソだと言ってほしかった。しかし、美宇は首を左右に振った。

「その儀式自体、あまりにも時代錯誤的であり得ないよ。それに、今年その花嫁を美宇がやるってことだよね？」

「そう……」

美宇がうなずいた。

ガーンとして、世界が引っくり返ったようだった。

美宇が猿田彦のお面をかぶった男に処女を奪われる――。

そんなことがあってはならない。絶対に。

「ダメだって。そんなの絶対にダメだって……断ったほうがいいよ。今からでも断ったほうがいい。絶対にそんなこと、許せない」

「待って……話はこれで終わりじゃないの。それに、わたしには花嫁を断れない理由があるのよ」

美宇が悲しそうに目を伏せた。長い睫毛《まつげ》がゆっくりと重なり合う。

「……理由って？」

「わたしの父は宮大工をしていて、玉門神社の氏子をしているの。花嫁は巫女か氏子の関係者から選ぶことになっていて……父は宮大工で、玉門神社と男茎神社の両方の修繕工事を請け負っているの。だから、断れないのよ。断ったら、もう仕事がもらえなくなる。うちは二つの神社から仕事をもらえないと、やっていけないのよ」

美宇の言葉がずしりと重く響いた。しかし……。

「それって、お父さんがきみを人身御供《ひとみごくう》として差し出してるってことだろ？　ダメだよ。それは……大昔ならあったかもしれないけど、この時代だよ。セクハラ、パワハラが叫ばれるこの時代に、あり得ないよ」

美宇がその秘密の儀式で、猿田彦を演じる男に処女を奪われるなんて、考えただけでもおぞましい。

「でも、わたしは短大の高い授業料を父に出してもらっているのよ。それに、両親が離婚してから、父はひとりでわたしをここまで育ててくれた……花嫁をした女性にはその後も、神社から援助金が出るの。それだけでなく、神様の代理である猿田彦に処女を捧げた女性は、結婚運や子宝にも恵まれるって、言い伝えがある。実際にこれまで花嫁をやった女性のほとんどが、恵まれた人生を送っているらしいわ」

「……わかったよ。わかったから。だけど、美宇がそんな誰ともわからない男に処女を奪われるなんて、絶対にダメだ。断固反対する」

「だから、亮一さんに頼めないかなって……」

「えっ……？」

「亮一さんに、男茎神社の猿田彦をやってほしいの」

亮一は愕然として言葉を失った。

美宇が身を乗り出してきて、声を潜めた。

「男茎神社も、猿田彦を禰宜や出仕や氏子から選ぶらしいの。亮一さん、今、アルバイトをしているでしょ？　バイトって出仕と同じ身分でしょ？」

「そうらしいね」

「だから、猿田彦をやる権利はあると思う。実際に、バイトの男が猿田彦を演じたってこともあるみたいだから」

「なるほど……」

美宇の描いた絵図が見えてきた。

「立候補したら、できるんじゃないかしら？　お願い。亮一さんしか頼るところがないの……わたし、亮一さんなら、喜んで処女を捧げられる。お願い！」

美宇が必死に頼んでくる。

『亮一さんなら、喜んで処女を捧げられる』という力強い言葉が亮一の背中を押した。決心するのに、さほど時間はかからなかった。

「……わかった。俺、立候補するよ。誰か他の候補がいたら、そいつを蹴落としてでも、猿田彦になる。約束するよ。俺が、美宇のバージンをもらう」

亮一は美宇の手を両手でぎゅっと包み込んで、きっぱりと言う。

自分でもびっくりするほどに、男らしかった。自分にもこんなところがあったのだ。

「ありがとう、亮一さん……」

美宇も鳶色の瞳をきらきらさせて、手を握り返してくる。

ここが店内でなければ、きっと抱き寄せて、キスをしていただろう。

そこにトイレに向かう客が通りかかったので、二人は手を放す。

ぐつぐつと煮えてきたモツ鍋の火を美宇が弱めて、取り皿に取り分けてくれる。

「じゃあ、ひとまず食べようか」

「はい……」

二人はモツ鍋を口にする。モツはとろとろで、キャベツやニラの野菜はシャキシャキだった。

2

モツ鍋を食べ終えて、二人は店を出た。

美宇を家まで送っていくことにして、亮一は川沿いの道で自転車を引く。すると、美宇がぴったりと寄り添ってきた。

本来なら、肩を抱き寄せたり、手をつないだりしたい。けれども、ハンドルをつかむために両手がふさがっていて、できないことがもどかしい。

亮一が猿田彦を演じるという約束をして、二人の距離が急速に縮まった気がする。

それはそうだろう。

亮一は何が何でも猿田彦になるし、そうなったら、二人は神様の前で文字通りに結ばれるのだから。

もちろん、二人だけで初めてのセックスをしたい。しかし、美宇が花嫁をせざるを得ないのだから、こうなったら、人前でもかまわない。大好きな美宇の処女をいただけるなら、どんな状況だっていい。

（まずは、どうやって猿田彦になるかだよな。すべてはそれにかかっている。最終的に決めるのは宮司だろうけど。宮司に頼むしかないな……だけど、もし宮司に決めた男がいたら、俺ごときがいくら希望しても……ダメだ。弱気になるな。俺が猿田彦をしないと、美宇がその男と……それは絶対にダメだ。何が何でも猿田彦になる！）

しばらく歩くと、美宇の家が見えてきた。

木をふんだんに使った二階建ての家で、庭は狭いが、建物はさすが宮大工が建てただけあって、どこか雅な感がある。

しかし、明かりが点いていない。

「あれ、お父さんは？」

「父は今、福島の神社の修繕工事で泊まり込んでいて、いないの」

美宇が言う。

両親が離婚しているから、母親もいないはずだ。

「じゃあ、今、ひとり？」

「ええ……寄ってく？」

「いいの？」

「ええ……」

美宇が玄関の鍵を開けて、亮一を招き入れる。

そこはいまだに木の香りがする家で、パッと見でも、造りが細かく、しっかりしていることがわかる。やはり、美宇の父親は相当な腕の宮大工なのだろう。

リビングに通された。そこは、檜《ひのき》の板の張られた洋間で、ソファやテレビが置いてある。

「今、コーヒーを淹《い》れるから、そこに座っていて」

美宇がキッチンへと向かった。

(ここに、美宇と二人きりか……)

亮一はドキドキしながら、美宇を待つ。

（美宇がひとりだけの家に俺を入れたんだから、それなりの覚悟はできているんじゃないか……）

しばらくすると、美宇がコーヒーを持って戻ってきた。

二つのコーヒーをセンターテーブルに置いて、亮一の隣に腰をおろす。

ニットに包まれた形のいい横乳と、ミニスカートからこぼれた長い足が目の毒だった。

二人はあまり言葉を交わすことなく、淹れたてのコーヒーを啜った。

カップを置いて、美宇が言った。

「ありがとう。猿田彦の件、受けてくれて。もしダメだったら、わたし、ここを逃げ出そうかと思っていたの」

「……ひどい話だと思うよ。そんな古き悪しき慣習がこの地に残っているとはね。でも、決まってしまったんだからしょうがない。こうなったら、頑張って俺、猿田彦になるよ。それできみを……」

美宇の膝に置いた手に手を重ねた。

美宇がおずおずと握り返してきたので、気持ちがひしひしと伝わってきた。

手をつないだまま、もう片方の手で美宇を抱きしめた。

顔を寄せて、キスをせまる。

美宇は目を閉じて、そのままじっとしている。

（いいんだ。キスしていいんだ！）

おずおずと唇を合わせていく。

ぷるるんとした唇を感じた。かるく唇をついばみ、唇をぴたりと合わせる。

すると、美宇もおずおずという様子で抱きついてきた。

その戸惑ったような仕種《しぐさ》や、キスしたときの強張《こわば》りで、美宇がキスに慣れていないことを感じた。

いったん顔を離して、訊いた。

「ひょっとして、キスもあまりしたことない？」

「ええ……初めて。恥ずかしいわ、十九にもなって初キスなんて……」

美宇が羞じらった。

「じつは、父がすごく厳しくて、夜も門限があったし……」

「そうか。もしかして、お父さんは前から美宇に玉門神社の花嫁をさせたかったのかもしれないね。だから、門限まで作って、きみを男から遠ざけた」

「そうかもしれない……それもあって、わたし、なかなか亮一さんとおつきあいができなかったの」
「そうか……納得できたよ。花嫁の件があったから、お父さんはきみにバージンでい
てほしかったんだろうな」
言うと、美宇が複雑な表情をした。
「でも、花嫁として神前で処女を奪われるなら、少しは慣れておいたほうがいいかも
しれないね。もちろん、俺が絶対に猿田彦になる。それは約束する」
「約束してくださいね」
「もちろん……何があっても、俺がきみの処女をもらう」
きっぱりと言って、亮一はふたたび唇を重ねる。今度は前より激しく唇を合わせ、
そのまま体重を預けて、美宇をソファに倒した。
キスをつづけ、手をおろしていき、ニットを押しあげた胸のふくらみをつかんだ。
慎重に揉みしだくと、ブラジャーを通じて、たわわなふくらみが弾《はず》みながら、指を
押し返してくるのを感じる。
すると、股間のものが頭を擡《もた》げてきて、ズボンを突きあげた。
それを知ってほしくて、美宇の手をつかんで股間に導いた。一瞬、引いていった手
を引き戻すと、勃起をつかんだままになった。

美宇が囁いた。

「硬いわ……」

「ああ、きみが好きだからね」

「でも、玉門神社の花嫁はバージンじゃないとダメなのよ。儀式のあとで、白いシーツに破瓜《はか》の赤い血がついているかどうかを確認するらしいの。それに、処女じゃないのに、処女だっていうウソは神様にはつけないわ。そんなことをしたら、きっとすごいバチが当たると思う」

「……最後までしなければ、いいんだよ。処女のまま、美宇を愛したいんだ」

「でも、我慢できるの？」

「ああ、できるよ。きみのためなら何だってできる」

「うれしい……でも、わたし、ずっと働いていて、汗をかいているし、汚れているわ。シャワーを浴びてもいい」

「ああ、もちろん。俺もきみのあとで浴びるよ」

「ありがとう……じゃあ、シャワーを浴びるから、出たら、呼びに来るわね」

そう言って、美宇はリビングを出ていく。

しばらくして、白い長襦袢のようなものを身につけた美宇が現れた。

「これ、巫女さんが下に着ている白衣なの」

「ああ、知ってるよ。俺もバイトのときには、ほぼ同じものを着るから」

「本殿の儀式のときにも、花嫁衣裳をつけるんだけど、白無垢だから同じようなものだから、慣れておいたほうがいいかなと思って」

「ああ、そうだね。それに、すごく似合ってるよ。白が似合うんだね」

「ありがとう……じゃあ、わたしは二階の部屋にあがって、布団を敷いておくから。亮一さんはシャワーを浴びて、二階にあがってきて。突き当たりの角部屋だから」

「わかった」

亮一はバスルームを教えてもらい、檜の爽やかな香りのする場所でシャワーを浴びる。

夢を見ているようだ。

昨日まではまともにデートさえできていなかったのに。きっと、何か神様のようなものが自分を後押ししてくれているのだ。

脱衣所に男物の浴衣《ゆかた》が用意してあって、亮一は竹の模様の浴衣を着て、二階にあがっていく。急な木の階段を踏みしめて、廊下に出る。その突き当たりに和室があって、そこのドアを開けると、畳に敷かれた一組の布団に美宇が横たわっていた。

窓のほうを向いて、横臥《おうが》し、布団をかぶっている。

逸《はや》る気持ちを抑えて、近づいていく。おずおずと訊いた。

「隣に行っていい？」

美宇が静かに顎を引いた。

掛け布団をあげて、そっとなかに体をすべり込ませ、後ろから美宇を抱き寄せる。

驚いた。美宇が震えていたからだ。

（そうか……俺以上に、美宇は不安なんだな。初めてだからな……）

少し前の童貞の自分なら緊張してしまって、きっと何もできないだろう。自分にセックスを教えてくれた千香子に感謝したい。

「こっちを向ける？」

後ろから囁くと、美宇が身体を回転させ、向かい合う形になって、恥ずかしそうに胸板に顔を埋めてきた。

ポニーテールに結ばれていた長い黒髪が解かれて、顔にかかっている。

亮一はそのすべすべの髪を撫でた。それから、美宇の顔をあげさせて、じっと見つめる。

長い睫毛を瞬かせて、美宇が顎をあげて、目を閉じる。

亮一はぽっちりとした愛らしい唇に向けて、唇を近づけ、かるく合わせた。

ちゅっ、ちゅっとついばむようなキスをする。こんなこと、以前の自分では絶対にできなかった。あらためて、セックスを経験しておいてよかったと思った。

唇を合わせながら、白衣の上から背中を撫でおろし、お尻のあたりに触れる。

「んっ……！」

美宇がびくっとして、尻がこわばるのがわかる。

「ゴメン……」

亮一はもう一度背中から脇腹を撫でる。

美宇の身体が敏感に反応して、びくっ、びくっと震える。

亮一はいったんキスをやめて、美宇を仰向けにし、自分が上になる。ふたたび唇を合わせ、徐々に情感を込めた。

舌をつかって、唇を舐めると、ぷるるんとした唇が濡れて光り、いっそうつるつるになる。かるく唇を合わせて擦った。ぷるぷるした感じがとても気持ちいい。

そろそろいいだろう、と唇の間に舌を差し込んでみた。

美宇は拒まない。口腔に忍ばせた舌でなかをさぐると、美宇の舌が触れて、おずおずとからんできた。

（ぁああ……美宇が自分から舌を……！）

脳味噌が蕩け、下腹部のものに力が漲《みなぎ》った。

亮一は舌を動かし、唇を舐めたり、唇を合わせたりしながら、上から美宇の肢体を撫でつづける。

脇腹に沿って手をおろしていき、ウエストからヒップの横をさする。ウエストは引き締まっているのに、尻は豊かに張っていて、その曲線が手のひらに心地よい。

股間のものがギンギンになって、浴衣の前を突きあげている。

触ってほしくなって、美宇の手をそこに導いた。浴衣の前を割って、いきりたつものに触れさせる。

びっくりしたように引いていった手をまた導くと、今度はおずおずと握ってきた。

亮一はキスをしながら、美宇の手が勃起から外れないようにする。

すると、美宇は戸惑いつつも、肉棹を静かにしごきだした。

上手くはない。だが、そのいかにも初めてというおずおずとしたしごき方が、たまらなかった。

亮一は唇を離して、

「気持ちいいよ、すごく」

と、上から美宇を見た。

「下手でゴメンなさい」

美宇が目を伏せる。

「美宇がこうしてくれていること自体が、すごくうれしいし、昂奮するんだ。下手とか上手いとか関係ないよ。それに、初めてなのに美宇にテクニシャンぶりを発揮されたら、それこそびっくりしちゃうよ」

「そうね、確かに……」

美宇が安心したように笑った。

「そうだよ。じゃあ、今度は俺が美宇を……リラックスしていてね。俺もたぶん、そんなに上手じゃないと思うけど……」

亮一は腰紐の結びを解いて、抜き取っていく。

3

白衣がはだけて、真っ白な乳房がこぼれでた。

大きい。グレープフルーツみたいな光沢と丸みを持つ乳房があらわになって、それを美宇がとっさに肘で覆う。

「大丈夫。美宇の胸はすごく大きくて、きれいだ。隠す必要なんてどこにもないよ。触っていい？」

「……ええ」

亮一は美宇の腕を持って、開かせる。

目の前の乳房は丸々として、見事な光沢を放っていた。中心より少し上にピンクの乳首がツンと頭を擡げている。

その透きとおるようなピンクの突起は神々しいほどだ。

「触るよ」

おずおずとふくらみを揉みあげると、柔らかな肉層が手のひらに吸いついてくる。

指が乳首に触れた瞬間、

「あっ……」

か細い声が、美宇の口から洩れた。

「大丈夫？」

「ええ……」

「舐めるよ」

亮一はそっと顔を寄せて、静かに乳首に舌を這わせる。突起が舌で薙《な》ぎ倒されて、

「ぁあんん……！」

鼻にかかった甘え声がこぼれる。

(そうか、美宇ももう十九歳。女になる準備はできているんだ。よし、これなら……)

ピンクの突起を上下に舐め、慎重に左右に舌を振った。すると、あっと言う間に乳首が硬くしこってきた。

少し粒立っている乳輪を円を描くように舐めた。その舌が乳首に触れるたびに、

「んっ……んっ……んんんっ……」

美宇は手のひらを口に当てて、必死に喘ぎ声を押し殺す。

「いいんだよ。声を抑えなくて……聞きたいんだ。美宇の喘ぎ声を……」

「でも、恥ずかしいわ……」

「恥ずかしくないって……聞きたいんだよ」

そう言って、亮一はまた乳首を愛撫する。

千香子の教えを思い出して、側面を指腹に挟んで左右に転がし、トップに舌を走らせる。もう片方の乳房もやさしく揉みしだく。

それをつづけるうちに、美宇はもうどうしていいのかわからないといった様子でのけぞりながら、

「あっ……あっ……ぁあああ、いやいや……」

と、顔を左右に振る。

今の亮一には、その「いやいや」が亮一に対して言っているのではなく、感じてしまう自分に対して発している言葉であることがわかる。

亮一はもう片方の乳首にもしゃぶりついて、舐め転がしながら、反対の乳房をやさしく揉んだ。

こうしていると、乳房の大きさを実感できる。あきらかに千香子よりたわわだ。千香子よりずっと小柄なのに、オッパイはデカい。顔だってかわいいし、こんな素晴らしい女の子とつきあえるなんて、夢のようだ。

千香子は乳首を吸われると感じた。試しにかるく吸いあげると、

「ぁあああ……ダメ。痛いの……お願い」

美宇の表情が苦悶のそれに変わった。

(そうか……やはり、同じ愛撫をしても、女によって違うんだな)

吸うのをやめて、ひたすらやさしく乳首を舐め、指で転がした。

そのとき、美宇の下腹部がぐぐっとせりあがってきた。

若草のように柔らかそうで薄い翳《かげ》りが、何かに応えるように、ぐぐっ、ぐぐっと持ちあがってくるのだ。

（きっと、ここに触れてもらいたいんだ。乳首を愛撫されると、ここも触ってほしくなるんだな）

亮一は乳首をかわいがりながら、右手をおろしていく。

猫の毛のように柔らかくて繊細な草むらがあって、その流れ込むところに、わずかに湿った女の証《あかし》が息づいていた。そこに指が届くと、

「あっ……！」

美宇が両膝を曲げたまま持ちあげ、ぎゅうと太腿を締めつけた。

だが、その直前に亮一の指は柔肉をとらえていた。

目の前の乳首を上下に舐め、横に弾く。さっきと較べて、それは硬くしこって、円柱のようになっていた。そこを舌であやしつつ、繊毛の底を指でマッサージすると、

「ああうぅ……」

太腿の力が抜けて、足がわずかにひろがった。

（すごい。どんどん濡れてくる。美宇も女なんだな……処女なのに、こんなに濡らし

て……）

股間のものがぐんと力を漲らせるのがわかる。

（ああ、入れたい。美宇とつながりたい。美宇を女にしたい！）

だが、それはしてはいけないことなのだ。

亮一は衝動を封じ込めて、キスをおろしていく。

乳房から腹部へと顔を移し、さらに、美宇の足の間に腰を割り込ませた。

「あっ、ダメっ……！」

美宇が内股になって、それはいやっとばかりに首を左右に振った。

「大丈夫。クンニをするだけだから。絶対に入れないから。約束する」

「でも……恥ずかしいわ」

「きみは猿田彦になった俺と、神様の前でしなくちゃいけないんだ。そのためには、慣れておかないと……そうしないと、たぶん痛いだけだと思うんだ。だから……頼む。俺を信じて」

きっぱりと言う。

「……わかったわ。でも、あまり見ないでくださいね」

「ああ、わかった。ゴメン。枕を貸して」

「どうするの？」

「きみの腰の下に置くんだ。こうすると、舐めやすくなるみたいだから」

「亮一さん、随分といろいろ知っているのね」

美宇が見あげてくる。その表情で、亮一が経験豊富であることに若干の戸惑いを覚えていることが読み取れた。

「俺だって、女性経験はほんと少ないんだ。ただ、ネットとかでいろいろと勉強してるってだけだから」

「本当に？」

「ああ、本当だ」

「ゴメンなさい」

「いいんだ」

亮一は枕を美宇の腰に敷いた。腰とともに女性器の位置もあがって、これでクンニしやすくなった。これも、じつは千香子に教えてもらったことだ。

もともと照明が暗くしてあったから、はっきりと見えない。それでも、本当に薄い繊毛がやわやわと生え、その流れ込むところに、ピンクの花弁がしっかりと口を閉ざしていた。

亮一は顔を寄せて花びらの狭間をそっと舐めた。いっぱいに出した舌でなぞりあげると、

「あんっ……！」

びくっとして、美宇は内股になる。

だが、亮一の顔が入り込んでいて、それ以上は太腿を締めることはできない。

「ああ、いい匂いだ。それに、美宇のここはすごくきれいだ……」

「……ウソよ」

「本当だよ。もっと舐めたくなる。大丈夫だから、緊張しないで、身を任せてくれればいいよ」

亮一は下から上へと向かって、舌で狭間をなぞる。それをつづけていると、花びらがうっすらと開いて、濃いピンクのぬめりが現れた。

外側はそう感じなかったが内側はぬるぬるで、ぬらつくものが舌にまとわりついてきて、

「んっ……んっ……あんっ……ぁあああ、恥ずかしい。亮一さん、恥ずかしくて死にたい」

美宇が泣き声で言う。

「恥ずかしくないさ。きみがこんなに濡らしてくれていて、すごくうれしいんだ……上のほうを舐めるよ、クリちゃんを」

そう宣言しておいて、上方の肉芽に舌を届かせた。

千香子よりはるかに小さな肉の真珠が、深く皮をかぶっている。その皮を脱がすようにして、下から下から舐めあげる。それをつづけていくうちに、美宇の様子が変わった。

最初はいやいやと首を左右に振っていたのに、今は顎をせりあげ、

「あっ……あっ……」

断続的に喘いでいる。

もっと感じてもらいたい。千香子は包皮を剝いたほうが感じるタイプとそうでないタイプがいると言っていた。美宇はどっちなのだろう？

試しに、上のほうに指を添えて引きあげてみる。すると、包皮がつるっと剝けて、本体が現れた。薄桃色に色づく本体を慎重に舐めあげてみた。

舌が触れた途端に、

「あっ……！」

美宇は電気に撃たれたように裸身をびくっと弾ませる。

やはり、じかに触れたほうが感じるみたいだ。

莢《さや》を剝いた状態で、下からなぞりあげた。

「あっ……あっ……」と弾んでいた声が、やがて、「ぁあああ、あああうぅぅ」と波打って、下腹部がぐぐっ、ぐぐっと持ちあがりはじめた。

(すごい！　クリちゃんでこんなに感じている！)

すごく濡れているし、これならきっと処女を奪うことだってできる。しかし、それをしてはいけない。

(ああ、くそっ……！　こうなったら、クンニで！)

亮一はさらに気持ちを込めて、クリトリスを舐めた。

だが、一定以上は高まっていかないようだった。

(どうにかして、もっと感じてもらいたい。イッてほしい。そうか、こういうときは……)

亮一は思い切って言った。

「……自分でクリちゃんを触ってみて。オナニーするときみたいに……」

「恥ずかしいよ」

「それを見て、勉強したいんだ。どうやったらきみが感じるかを……頼むよ」

美宇は戸惑っているようだったが、やがて、心の整理がついたのか、右手をおろしていき、クリトリスを指先でいじりはじめた。

薄い翳りの下で突起を中指でくりくりとまわし揉みし、全体を撫であげた。

中指で狭間を擦りながら、内側に曲げた親指でクリトリスをこちょこちょとくすぐる。左手が胸に伸びた。

白い小袖はまだ着ていて、腕にはゆったりした白衣がまとわりついている。

おそらくEカップはあるだろうお椀《わん》形の乳房を揉みしだき、時々、指で乳首をくりくりと転がす。そうしながら、下腹部の溝を中指でなぞり、親指で肉芽を細かく刺激している。

(ああ、すごい……！　こうやってオナニーするんだな)

亮一も見ているうちに、しごかずにはいられなくなって、猛《たけ》りたつものを握った。

オナニーシーンを見ながら、ゆっくりとそれをしごいた。

美宇は集中するためなのか、ぎゅっと目を閉じている。

「くっ……あっ……」

抑えきれない声を洩らして、顔をのけぞらせる。

見られたくないのか、顔をそむけていた。

きっと見られていると思うと、イケないだろうと、亮一は気配を消した。そうしながら、静かに肉棹を握りしごく。

美宇の呼吸が荒くなり、胸のふくらみが大きく波打っている。指の動きはどんどん活発になっていき、今はクリトリスだけを指でかるく叩き、周囲をなぞりながら、大きな乳房をぎゅうとつかんでいる。

「いや……イッちゃう。恥ずかしい……」

美宇がさしせまった声を出した。

「いいんだよ。イッていいんだよ。俺もすごく気持ちいい」

亮一が言うと、美宇が閉じていた目を見開いた。

自分のすぐ近くで、亮一がいきりたつペニスを握りしごいているのを目の当たりにして、美宇がびっくりしたように目をそらした。

「見てほしい。見ながら、オナニーしてイッてほしいんだ……頼むよ」

言うと、美宇はしばらく考えていたが、やがて、心を決めたのか、オナニーシーンから目を離さずに、自らを慰めはじめた。

亮一はもっとよく見えるように、美宇の顔のすぐ横まで近づいて、両膝を突き、いきりたちをしごいた。

すると、美宇は顔を横向けてそれを見ながら、乳房を揉みしだき、クリトリスを擦った。

「ああぁ、ぁあああああぁぁ……」

陶酔した表情でうっとりと目を細める。閉じそうな目をかろうじて開けて、亮一がしごくペニスを眺め、肉の谷間を激しく擦り、そして、陰核を指で細かく叩く。

「あぁあ、亮一さん……ダメっ。もう、イッちゃう……」

ちらりと亮一を見あげた。その潤みきった瞳がぼぅと霞んでいる。

「いいんだよ。イッていいんだよ」

「ああああ……！」

美宇がのけぞりながら、亮一の勃起を左手でつかんできた。

それを握りながら、激しくクリトリスをまわし揉みして、

「イキます……イク、イク、イキます……あ、くっ……！」

美宇は亮一の肉茎を握りしめながら、昇りつめて、がくん、がくんと肢体を躍らせる。

「くっ……！」

亮一は射精しそうになるのを必死にこらえた。

4

ぐったりとした美宇のすぐ隣で横になっていると、絶頂から回復したのか、美宇が身体を寄せてきた。

「恥ずかしくて、死にそうだった」

胸板をなぞりながら言う。

「でも、すごくうれしかったよ、美宇がイクのを見られて……イクとき、俺のおチンチンをぎゅっと握ってきたし」

「もう……」

美宇が耳元を薔薇《ばら》色に染めて、胸板に顔を埋めてくる。

美宇の手が下腹部へとおりていき、ハッとしたようにこわばった。

「まだ出していないんですね？」

「ああ……ぎりぎりセーフだった」

美宇は無言のまま、悪戯でもするように勃起に触れていた。それから、言った。

「出してほしいわ」

「……でも、きみのバージンを奪うことはできないから」

「でも、指や口でならＯＫでしょ？」

「それはそうだけど……」

「やってみるね」

美宇の身体がおりていった。

亮一の伸ばした足の外側にしゃがんで、その硬さや形状を確かめるようにおずおずと触る。それから、顔を寄せてきた。

「初めてだから、上手くできないと思うけど……」

そう言って、亀頭部についばむようなキスを浴びせる。

「あっ、くっ……！」

亮一は必死に奥歯を食いしばる。

美宇がフェラチオしてくれるなんて、夢でも見ているようで、かるくキスされただけで、イチモツが踊りだす。

「これから、どうしたらいい？」

美宇が訊いてきた。

「えっ……本当にしてくれるの？」

「ええ……」

「じゃあ……その舐めてほしい。いろいろなところを……」

リクエストすると、美宇は上から覆いかぶさるように亀頭部を舐めてくる。それが逃げないように屹立を握り、先端の丸みに舌を這わせる。

おずおずとしている。もちろん、上手ではないが、それでも一生懸命にしてくれている。その一途さが、亮一の胸を打つ。

いつの間にか、白衣を脱いでいて、一糸まとわぬ姿がセクシーすぎた。

長い黒髪が枝垂れ落ちて、かわいい顔を半ば隠している。小柄だが、胸はデカい。乳房が下を向いているので、いっそうそのたわわさが強調されていて、ピンクの乳首がいやらしいほどに尖っていた。

それに、斜め横から這うようにして勃起を舐めているので、よくしなっている背中や薄い腹部、そこからつづくヒップの急激なふくらみが色っぽすぎた。

美宇の舌が亀頭部から茎胴へとおりていった。

いっぱいに出した赤い舌で、血管の浮かびあがった茎胴を一生懸命に舐めてくる。

「ああ、すごい……気持ちいいよ。美宇、気持ちいい……ぁああああ、うれしいよ。美宇、最高だ！」

悦びを表すと、美宇が黒髪をかきあげて、つぶらな瞳で亮一を見た。

照れたようにすぐに目を伏せ、胴体を舐めあげてくる。

「あの……できたら、咥えてほしいんだけど」

リクエストすると、美宇がうなずいて、おずおずと頬張ってきた。

カリの張った頭部を唇をひろげて、包み込んできた。そのまま思い切って、途中まで唇をすべらせる。

と、先っぽが喉に触れたのか、びっくりしたように吐き出して、ぐふっ、ぐふっと噎《む》せた。

「ゴメンなさい」

涙目で言う。

「いいよ、無理しなくても……そうだ、指でしてくれればいいよ。指でしごいてくれれば……」

「ゴメンね」

「いいんだよ」

美宇がおずおずと指でしごきはじめた。

全体を握りしめ、しなやかで長い指をからみつかせて、ゆったりと上下に擦る。

「これでいいの？」

「ああ、気持ちいいよ、すごく……」

美宇がもっと気持ち良くなってほしいと思ったのだろう。指で茎胴を擦りながら、亀頭部を舐めてきた。

尿道口に細い舌を突っ込むようにして、ちろちろとからめてくる。

そうしながら、左手で亮一の肌を撫でさすってくれる。

気持ち良すぎた。

美宇の指に徐々に力がこもってきて、ぎゅっ、ぎゅっと力強く肉胴を握りしごかれると、その圧迫感が快感に変わった。

「ぁああ、気持ちいいよ。美宇、ゴメン。俺の胸を……乳首を舐めてくれるとうれしい！」

こんなことを求めてはいけないことはわかっていた。しかし、欲求が理性に勝った。

美宇が一瞬、ぽかんとした。

(しまった……！)

後悔したそのとき、美宇の顔が近づいてきた。

亮一の右側の乳首を舐める。ちろちろと舌を走らせ、下腹部に伸ばした右手で屹立

をしごいて、

「これで、いいの？」

美宇が訊いてくる。

「ああ、いいよ。上手だよ、すごく……ぁああ、気持ちいい。出そうだよ」

思わず言うと、美宇はいっそう情熱的に乳首に舌を走らせ、吸い、舐め転がす。そうしながら、右手で勃起を徐々に強くしごいてきた。

たまらなかった。

胸からはぞわぞわした戦慄が生まれ、それが下腹部をシコシコされる強烈な快感と混ざって、圧倒的な悦びとなって襲ってくる。

しかも……見ると、美宇の顔や指や乳房や尻が、目に飛び込んでくる。

もう何も考えられない。今はただ射精したい。

「ああ、美宇……出そうだ」

「出して……出して！」

「ぁあああ、今だ。もっと強く！」

美宇の指に力がこもった。ぎゅっ、ぎゅっと大きく擦りあげられたとき、目眩《めくるめ》く瞬間がやってきた。

「ぁあああ……！」

亮一は吼えながら、放っていた。

勢いよく飛び出した白濁液が、亮一の腹部へと飛び散り、強烈な香りが周囲に放たれる。

美宇はびっくりしたように身体を起こしながらも、いまだ肉棹を握ってくれている。間欠泉《かんけつせん》に似た放出を終えると、美宇は指を離し、それから、枕元にあったティッシュボックスからティッシュを取り出して、腹部の白濁液を拭いてくれた。

ティッシュを変えて、丁寧に精液を拭いてくれる美宇を見て、亮一は自分が絶対に猿田彦になることを誓った。

第四章　熟女への奉仕

1

昼休み、亮一は境内のベンチで、千香子とともに昼食を摂っていた。

ここは参拝客から死角になるから、袴姿の職員がご飯を食べていても問題はない。

亮一と千香子はカップ麺を啜っている。

昼休みは時間が少ないから、どうしてもこういうものになる。

食事の途中で、亮一は今だとばかりに話を切り出した。

「ある人から聞いたんですが、豊年祭のあとで、うちの本殿で秘密の儀式が行われるみたいですね」

言うと、千香子が箸を止めた。じっと亮一を見て、小首を傾げた。

「どうして知ってるの？」

「……ある人から聞きました。それで、俺、猿田彦に立候補したいんですけど、どうしたらいいですかね？」

単刀直入に気持ちを伝えた。千香子なら、相談に乗ってくれるだろうと思っていた。

「その件、そろそろきみに伝えようかなって考えていたから、ちょうどいいわ」

千香子が意外なことを口にした。

「ちょうどいいって……？」

「じつはね……」

千香子が耳元に顔を寄せてきた。

「亮一くんを猿田彦にと思って、きみにいろいろと教えてきたわけ」

「はっ……！」

びっくりして、千香子をまじまじと見てしまった。

「豊年祭のあとで行われる儀式のこと、どこまで知ってるの？」

千香子が訊いてきたので、美宇から教わったことを告げた。

「わかってるのね。なら、話は早いわ。毎年のようにうちもその猿田彦候補で揉めるのよ。猿田彦はうちの神職についている者や氏子関係から選ばれるんだけど、今年はそれに相応しい男がいなかったのね。わたしも、宮司から最適な者がいたら、推薦してくれと言われているのよ。それで、きみに白羽の矢を立てたわけ」

千香子が言う。

「そ、それで、俺を狙って、その、あの……」

「そうよ」

千香子があっさりと認めた。

（そうか……そうだよな。そういう目的がなければ、俺ごときを千香子さんが筆おろししてくれるわけがない）

がっくりしたが、なるほどと納得もできた。

「だけど、誰でもいいってわけじゃないし……亮一くんはわたしのお眼鏡に適ったのよ。一回して、これならいけそうだって感じたの。だって、バージンを奪うんだからそれなりの能力は必要でしょ？　きみならイケると思ったから、教育したわけ」

千香子が残りの汁を飲んで、

「やっぱり、このカップ麺は出汁が効いてて美味いわね」

目を閉じて、味覚を味わう。

美人特有のととのった横顔、長く伸ばされた絵元結の髪、白衣に緋袴という姿が、千香子に只者ならぬ雰囲気を与えていた。

それにしても、こういうのを渡りに舟と言うのだろう。上手くいくときは、きっとこんなものなのだ。

「じゃあ……あの、俺のこと、推薦してもらえるんですか？」

亮一が訊ねると、

「もちろん。だけど、どうして急に猿田彦をやる気になったのかな？　それって、きみが破瓜の儀式のことを知ったことと関係あるんじゃないの？」

千香子が言う。さすがだ。洞察力が鋭い。

「はい。じつは……」

亮一は糸原美宇が玉門神社の花嫁に選ばれたことを告げ、彼女を自分は愛しているから、どうしてもその儀式で彼女のバージンをもらいたいという気持ちを伝えた。

「そうなんだ、知らなかったわ……美宇ちゃんが今年の花嫁なんだ」

千香子がきょとんとした顔をした。実際に玉門神社の花嫁が美宇であることを知らなかったのだろう。

「そうか、美宇ちゃんか……いい子よね」

美宇は弓道部の後輩だから、千香子が指導したこともある。それで、千香子は彼女の性格や容姿をよく知っているのだ。

「でも、彼女、バージンなの？」

「そうみたいですよ……」

「亮一くんは彼女とつきあっているの？」

「ええ、一応は……」

「でも、まだセックスはしていないと？」

「はい」

「なるほど……大変じゃないの。それ、きみが猿田彦を絶対にやらないと、他の男に
……ってことになるよね？」

「はい……だから、俺も必死なんです」

「そうか……わかったわ。叔父さんにきみのことを強く推薦しておく。ただね……」

千香子の表情が曇った。

「ただ……？」

「じつは今、もうひとり、猿田彦候補がいるのよ」

「えっ……誰ですか？」

亮一は身を乗り出していた。

「うちの氏子で、多くの寄付金をいただいている工場があるんだけど……彼はその工場長のバカ息子なのよ。富塚辰也《とみづかたつや》って言うんだけど、二十八歳で、一応、父親の工場で働いているんだけど、遊び呆けているの。その富塚が、猿田彦をやりたいって言ってきかないらしいのよ。わたしも彼を知っているんだけど、最低最悪の男なのよ。彼には絶対に猿田彦をやらせたくないから、きみを育てていたわけ……」

千香子が言う。

「それは絶対にダメです。そんなやつに美宇を……絶対にダメです」

「そうよね。ただね……その富塚を推しているのが、事務長の矢代まり江なの。事務長、叔父さんの愛人だからね。宮司である叔父さんはここの最高権力者でもあるし、それに、矢代まり江に頭があがらないのよ。彼女、うちの神社の影の支配者なの」

千香子が苦虫を噛み潰したような顔をした。

「だから、あの女さえ何とかできれば、きみの猿田彦は決まりなんだけど……わたし、彼女とは合わなくて、嫌われているのよね」

「だったら、俺が事務長を何とかして説得します。ですから、お願いします」

「いいけど、でも、きみに彼女を説得できるかしら？　難しいと思うわよ。あそこの工場、寄付金以外にも地鎮祭とかいろいろと仕事をもらっているし、うちのお得意様なのよ。それをわかっていて、事務長はあそこのバカ息子を推しているんだから……強敵よね。最終的には、バカ息子を来年の猿田彦にまわすという約束の元で、という方法しかないわね」

「そ、それで押してみます。絶対に俺が猿田彦をします。そうでないと……」

亮一の脳裏に、工場長の息子がいやがる美宇を無理やり組み伏している姿が浮かび、いたたまれたくなる。叫びたくなる。

その腹いせに文句を言いたくなった。

「だけど、奇妙な風習ですよね。猿田彦が処女を奪う儀式を神様に奉納するなんて……時代錯誤ですよ。今の時代にあり得ないです」

「そうよね。わたしもそう思う。誰だって、そう思っているわ。でもね、かなり昔に破瓜の奉納をやめたときがあって、そうしたら、その年に限って、大飢饉に襲われたんだって。そういう歴史があるから、やめられないのよ」

そう言われると、なるほど多少はそういうことがあるかもしれないとは思う。

「それに、花嫁は強制的にやらせているわけではないし、毎年、花嫁志願者の数がすごいのよ。恋愛成就や子孫繁栄が約束されているし、礼金も出るしね」

千香子が立ちあがって、二人の食べ終えたカップ麺の容器を持ち、ごみ箱に捨てた。

「行こうか。大丈夫よ。そういうことなら、わたしもきみのこと、叔父さんに猛プッシュするから……きみも、事務長を何とかして懐柔して。もうあまり時間はないから」

「はい、やってみます！」

亮一は、緋袴を蹴るようにして歩いていく千香子のあとをついていった。

2

二日後、亮一はアルバイトを終えていったん帰り、また、男茎神社に戻ってきた。今夜は、矢代まり江が宿直をすることになっていたからだ。

いろいろと考えたが、結局は素直に自分の気持ちと置かれている状況を訴えて、まり江にわかってもらうしかないという結論に達した。

自転車を駐車場に止めて、ひとまず社務所に向かった。

事務所になっているスペースにはすでに人影はなかった。だが、その隣の宿直室には、明かりが点いている。

（ああ、事務長、ここにいるんだ。よし、頑張って説得してやる！）

宿直室の引き戸をノックしようとしたとき、

「ぁあああ、いい……いいのよぉ」

なかから、女の喘ぎ声が聞こえてきた。

すぐに、それがまり江のあのときの声であることがわかった。

(えっ……ひょっとして、事務長、榎田宮司に抱かれているのか!)

不倫関係にあるまり江の宿直の日を狙って、ここで愛人を抱く——宮司なら、あり得る。

(どうしよう?　まずは確かめないと)

亮一は迷った末に、引き戸を両手で持って、音がしないようにそっと開けてみる。

慎重に力を込めると、引き戸が音もなくすべって、数センチの隙間ができた。

(よし、これなら……!)

ドキドキしながら、隙間に目を近づける。見えた……!

(な、何だこれは……!)

和室には、まり江ひとりしかいなかった。

そして、まり江は布団に仰向けになって、こちらに向かって足を開いていた。

いまだ白衣に緑袴をはいているので、草色に近い緑の袴がはだけて、むっちりとした太腿がのぞいてしまっている。

何よりびっくりしたのは、木彫りの男根がひろがった太腿の奥、びっしりと生えた陰毛の底に半分ほど姿を消していることだ。

（これは、オナニー？　そうか、まり江さん、榎田宮司のあそこの調子が悪いみたいだから、きっと寂しくて、ひとりで慰めているんだな）

あの張形《はりがた》はうちの神社に数多ある木彫りのペニスのうちのひとつに違いない。

（そうだよな。ひとりでこんな寂しい神社で宿直していたら、邪《よこしま》な気持ちになるよな……しかし、あの神聖な張形をオマンコに突っ込むのはマズいよな。まり江さんはうちの事務長なんだから……）

いろいろな思いが一瞬にして脳裏をよぎる。

そのとき、まり江が張形を外して、それを口に持っていった。

自分の淫蜜でぬめ光る本物そっくりの張形をねっとりと舐め、さらには頬張った。

そして、ナマの肉棹にするときのように顔を振って、唇を往復させ、ちゅぽんっと吐き出す。

リアルな形状で突き出したカリの真裏をちろちろと舐め、さらには、根元からツーッ、ツーッと舐めてあげる。

それから、また張形を下腹部に持っていく。

さっきより大きく足をあげて、膝を身体のほうに寄せ、やや上を向いた膣を唾液まみれの亀頭部でなぞり、

「ぁあああ、ああああ、いいの……ください。あなたの硬いものをください」

架空の何者かに語りかけて、黒ずんだ張形を自ら膣に埋めていき、

「あぐっ……！」

くぐもった声を洩らして、口に手を持っていき、喘ぎを封じた。

それから、自分で張形をつかみ、ジュブジュブと出し入れをする。

張形はリアルなものよりサイズが大きく、とても全部は入りきらずに、その余っている部分をつかんで、抜き差しをしては、

「ぁあああ、いい……大きい……あなた、大きい……ぁあああ、ちょうだい。もっと深く！」

まり江は悩ましい声を洩らしながら、盛んに出し入れをする。

ネチッ、ネチャッと淫靡《いんび》な音がして、白足袋に包まれた足が反りかえっている。親指が急激に内側に曲がったり、反対に反ったりする。

緑の袴とともに白衣もはだけて、下半身がほぼあらわになっていた。

長い髪は絵元結で白い和紙に包まれている。そのやさしげな顔が今は歓喜に酔いしれて、眉が八の字に折れていた。

(ああ、エロすぎる！)

亮一はもう後先のことも考えられなくなって、ひたすら見入っていた。

股間のものは完全に力を漲らせて、苦しいほどだ。

(ダメだよな、こんなことはしては……)

自分を責めつつも、ズボンとブリーフをおろして、怒張するものを握り込む。

どくっ、どくっと脈打つものをゆるゆるとしごくと、脳味噌が蕩《とろ》けるような快感がうねりあがってきた。

昂奮しすぎて、視野が狭くなっている。

そのぼやけた視界のなかで、まり江が上体を立てるのが見えた。

布団にしゃがみ、男根を立たせた。

袴と白衣をまくりあげて、そそりたつディルドーめがけて腰をおろしていく。

上を向いた張形が太腿の奥に姿を消していくのが、ほぼ正面から見えた。

「あうぅぅ……！」

まり江はがくんと頭を反らして、きりきり歯列を食いしばった。奥深くまで迎え入

れて、

「あっ……ぁあああ」

切なげに眉根を寄せて、しばらく動きを止めた。それでも、身体が小刻みに震えている。

それから、ゆっくりと上下に動きはじめた。

すごい光景だった。

和風便器をまたぐ格好で、まり江は張形が倒れないように手で支えながら、腰をあげ下げするのだ。

愛蜜まみれの張形が、翳りの底に埋まり込み、出てくる。淫らな蜜があふれて、張形をいやらしく濡らしている。

亮一はその様子をはっきりと見ることができた。

どんどん腰振りのピッチがあがって、「あっ、あっ、あんっ」とまり江の喘ぎが弾んだ。そのとき、ある考えが脳裏に浮かんだ。

(待てよ。今、入っていって、張形でオナニーしている現場を押さえれば、まり江さんもこちらの言い分を聞いてくれるんじゃないか。俺を猿田彦にしてくれるんじゃないか！　そうだ。チャンスだ。これを逃したらダメだ！)

亮一はズボンをあげて、勃起を隠し、引き戸を開けて踏み込んだ。
まり江がハッとしたようにこちらを見て、怯えた顔をしながら、張形をとっさに外す。
「み、見ましたよ。事務長が神聖な神社で、お供えものの張形でオナニーしてたら、
マズいですよ！」
言ってやった。まり江の顔が一瞬強張った。
しかし、それも束の間で、亮一のズボンの股間が高々とテントを張っているのを見
たまり江の表情が、一気に艶《なま》めかしいものになった。
「……きみ、そこで何をしていたの？　わたしを覗き見しながら、シコシコしていた
んでしょ？　その証拠に、こんなになってるじゃないの」
まり江が近づいてきて、亮一のズボンとブリーフを有無も言わせずに引きおろした。
亮一はあわてて股間を隠した。だが、ギンギンになったものがはみ出している。
「ほらね……こんなにして」
前にしゃがんだまり江が、勃起を握ってきた。
「あっ、ダメですって……ぁあああ！」
まり江を引き剝《は》がそうとした亮一の体から力が抜けていく。

いきなり、勃起をぱっくりと咥えられたのだ。

温かくて、湿った口腔に分身が覆われる。ふっくらとした唇が根元から先端にかけて激しくすべっていく。

(ダメだ。やめさせなくちゃ……だけど、うううっ、気持ち良すぎる！)

亮一はよろめき、後ろの壁に凭《もた》れて、うねりあがる快感を必死にこらえた。

このままでは、ミイラ取りがミイラになってしまう。

わずかに残った理性が、亮一に抵抗しろと命じてくる。しかし、まり江にがっちりと腰をつかみ寄せられて、激しく本体をストロークされると、圧倒的な快感がどんどんひろがってきて、もうどうにでもなれという投げやりな気持ちになる。

まり江はいったん吐き出して、亀頭冠の真裏を顔を横にして舐めながら、見あげてきた。

普段は癒し系と呼んでもいい、落ち着いたやさしげな顔をしている。なのに今は、目がとろんと潤み、表情にエロさが滲んでいた。

しかも、まり江は緑色とはいえ袴をはいて、白衣をつけているのだ。髪形だって巫女とほぼ同じだ。

(この熟女の色気むんむんの事務長にもすごくそそられる……！)

もう亮一が手に落ちたと感じたのか、まり江はじっくりとしゃぶってくる。

いきりたつものをつかんで、裏筋をツーッ、ツーッと舐めあげ、亀頭冠の真裏にちろちろと舌を走らせる。

次の瞬間、まり江の身体が沈んだ。

股ぐらに潜り込むようにして、睾丸を舐めてきた。皺《しわ》袋の皺をひとつ、またひとつと伸ばすかのように丹念に舌を走らせる。

その間も、いきりたちをしっかりと握り、時々、しごいてくれる。

信じられなかった。

まり江は宮司と不倫している未亡人であり、神社でも力を持つ事務長なのだ。そんな女性が亮一ごときの勃起をしゃぶってくれている。しかも、キンタマまで舐めてくれているのだ。

長い髪を絵元結しているので、顔がはっきりと見える。からみつく舌、見あげるときに瞬きする長い睫毛、そして、熱を帯びたようなとろんとした切れ長の目……。

亮一の片方の睾丸がなくなった。いや、なくなったのではない。まり江の口のなかに消えたのだ。

まり江は片方の玉を口におさめて、なかで舌をつかう。それから、かるく吸って引っ張る。

「ぁああ、くっ……！」

思わず呻くと、まり江はちゅぽんと吐き出して、もう一方の睾丸を頰張った。

あまり強くすると男が痛がることを知っているのだろう、かるく絶妙なタッチで睾丸を揉みほぐし、ねろり、ねろりと口のなかで舌をからませながら、肉棹を握りしごいてくれる。

こんなことをされたのは初めてだ。しかも、相手は事務長である。

まり江は睾丸を頰張り、右手で茎胴を握りしごきつつ、左手で会陰部を撫でてきた。

睾丸から肛門にかけての縫目を指先で擦られて、

「ぁああ……それ！」

亮一は思わず声をあげていた。

まり江はさらに顔を低くして、会陰部を舐めてきた。

ぬるり、ぬるりと敏感な縫目を舌で刺激されて、勃起を握りしごかれると、えも言われぬ快感がふくれあがってくる。

「ぁああ、ダメです。くっ……ぁああ」

思わず嬌声をあげていた。

すると、まり江は顔をあげて、ふっと口許をゆるめ、上から屹立を頬張ってきた。
手はつかわずに、口だけで、
「んっ、んっ、んっ……」
と、つづけざまにストロークされ、
「ジュルル、ジュルルッ……」
唾液とともに切っ先を啜りあげられて、
「ぁあああ……くうぅぅ！」
亮一は歓喜に天井を仰ぐ。
気持ち良すぎた。
亮一はそのまま布団に押し倒される。
ズボンとブリーフを抜き取られて、下半身をすっぽんぽんにされた。
臍に向かっていきりたっている男根を見て、まり江がうれしそうな顔をした。
片袖から腕を抜き、さらにもう片方の袖も抜いて、ぐいと白衣を押しさげた。
もろ肌脱ぎになって、たわわな乳房がぶるんとこぼれでてくる。
その豊さに圧倒された。
美宇よりは小さいが、千香子よりは大きく、お椀形に実っている。何より肌が白くて、薄く張りつめ、青い血管が透け出ていた。

それから、まり江は髪結いを解いた。

長い黒髪が枝垂れ落ちて、顔を半ば隠した。

その髪をかきあげて、下半身にまたがってきた。

（ああ、ダメだ。事務長としちゃダメなんだ！）

亮一は拒もうとした。だが、いきりたつものを握られると、抗う気力が失《う》せていった。

まり江は緑袴をたくしあげて、下を見ながら擦りつけてきた。ぬるっ、ぬるっと亀頭部がすべって、女の谷間がすごく濡れているのがわかった。開かれた太腿の一方の内側に黒子《ほくろ》が三つ並んでいるのが見えた。

切っ先が沼地をとらえた次の瞬間、まり江が腰を沈ませてきた。

イチモツが窮屈な入口を突破していく確かな感触があって、あとはぬるぬるっと嵌《は》まり込んでいき、

「はうぅぅ……！」

まり江が顔を振りあげた。

（ああ、すごい……！　締まってくる！）

亮一はもたらされる歓喜を嚙みしめる。

そこは熱く火照っていて、何かの生き物のようにうごめきながら、からみついてくる。千香子相手では感じることのできなかった、とろとろ感だ。

まり江は少しの間、じっとして何かを嚙みしめているようだったが、やがて、静かに腰を振りはじめた。

下から見あげているせいか、大きなふくらみの下側の丸みがいっそう充実して見える。

「ぁあああ、いい……気持ちいい……ぁあああ」

最後は艶めかしく喘いで、まり江は前後に腰をつかう。

緑の袴の裾がおりてきて、残念ながら結合部は見えない。それでも、白足袋に包まれた足とふくら脛は見える。

まり江は足を踏ん張り、下腹部を前にせりだし、そして、後ろに引く。

そのたびに、亮一のイチモツは根元から揺り動かされて、ねっとりとした粘膜を擦りあげていく。

刺身のトロみたいに粘りのある粘膜が、柔らかく吸いついてきて、すごく気持ちいい。

「ああああ、ぁあああああ……蕩けそうよ」

腰を前後に移動させていたまり江が、両膝を立てた。

蹲踞《そんきょ》の姿勢になったと思ったら、少し前屈みになって、腰を上下に振りはじめた。

袴からのぞく太腿をM字に開脚して、全身で上下に弾む。

「あああ、くっ……」

亮一は奥歯を食いしばって、射精感をこらえた。

ギンギンの肉柱を緊縮力抜群の膣が上下にしごいてくる。緑の袴がまくれて、むっちりとした太腿と黒い翳りの底に、屹立が吸い込まれていく。

「あんっ……あんっ……ぁあんっ！」

腰を弾ませながら、まり江が華やかな声を放った。

すぐに、声が大きすぎると感じたのだろう。とっさに手を口に添えて、喘ぎを押し殺した。

だが、もう我慢できない、もっと感じたい、とばかりに両手を前に突き、少し屈みながら腰を激しく上下に打ち振る。

あまりの気持ち良さに、熱い快感が亮一の下腹部に押し寄せてきた。

だが、同時にもっとまり江を感じさせたい。イッてほしいというオスの欲望が亮一を煽（あお）った。

　ほとんど本能的に腰を突きあげていた。

　まり江が腰をおろすときを見計らって、ぐんっと突きあげると、切っ先が奥のほうにぶち当たって、

「あんっ……！」

まり江は悲鳴に近い声をあげて、「くっ」とのけぞった。

「ぁあああ、当たった。もっとよ。もっと突いて！　わたしを串刺しにして！」

まり江が泣き出さんばかりに訴えてきた。

(よし、やってやる。串刺しにしてやる！)

亮一は俄然その気になって、下から腰を撥ねあげる。

そろそろ射精しそうだ。だが、それ以上にまり江を昇天させたいという気持ちが勝った。

両手を伸ばして、まり江の太腿を下から支えた。そうしておいて、ぐいぐいと突きあげる。

袴からのぞくM字開脚した太腿を持ちあげて、つづけざまに腰をせりあげた。

「あんっ……あんっ……あん、あん、あん……ぁあああ、イキそう。イク、イク、イ

ッちゃう！」

まり江ががくん、がくんと顔を上下に振っている。

猛烈なパワーが伝わっているのか、たわわな乳房がぶるん、ぶるんと縦に揺れて、長い髪も乱れて、踊っている。

「あん、あん、あんっ……イクわ。イク、イクぅぅぅ……！」

まり江は顎をいっぱいにせりあげて、亮一の上で躍りあがっている。

きっともうひと突きしたら、亮一も放っていただろう。それをぐっとこらえた。

しばらく体の上でがくがくしていたまり江が、精根尽き果てたように前に突っ伏してきた。

「はぁはぁはあ……」

大きな胸のふくらみを喘がせながらも、ぐったりと身体を預けてくる。

3

まり江は身繕いを正して、座卓の前に正座している。

亮一も正面に座って、用件を切り出した。

「こんなことになってしまいましたが、じつは、事務長にお頼みしたいことがあって来たんです」

「何？」

まり江が淡々と答える。だが、いまだ顔は赤いし、気を遣《や》った女性のアンニュイな色気が滲み出てしまっている。

「俺に、今年の豊年祭の猿田彦をやらせてください。お願いします！」

亮一は深々と頭をさげた。

「きみに、猿田彦を？」

「はい。やらせてください、お願いします！」

亮一はふたたび額を畳に擦りつける。

「やけに唐突よね？　何かあるのかしらね」

「はい。じつは、ある人から、豊年祭のあとでうちの本殿で行われる秘密の儀式のことを聞きました」

「誰から、聞いたの？」

まり江の表情が変わった。

「それは、まあ……」

「千香子さん？」

「いえ、違います……とにかく、その秘密の儀式で、玉門神社の花嫁を猿田彦が、その、あれをすると……」

「だから、猿田彦に立候補したいのね。花嫁を抱けるからと……」

まり江が見下したように言う。

どう答えていいのか迷ったが、ここは、隠さずにはっきりと言うべきだ。

「じつは、今回の玉門神社の花嫁は、俺の恋人なんです」

「えっ……？」

まり江が眉根を寄せた。

「その花嫁が、糸原美宇だってことはご存じですよね？」

「ええ……そう聞いているわ。宮司から聞いたけど……で、きみがその糸原美宇とつきあっているってこと？」

「はい、つきあっています。だから、美宇を誰か他の男に抱かせるわけにはいかないんです」

亮一はきっぱりと言った。

「ちょっと待ってよ。玉門神社の花嫁は処女でないといけないのよ。つきあっているってことは……」

「大丈夫です。つきあってはいますが、彼女はバージンです……俺、本番はしていません」

「そう……なるほど、つきあってはいるけれどもいまだ抱いていない恋人を、他の男に抱かせるわけにはいかないってことね」

「はい！」

亮一は力強く答える。

「それなら、なぜ美宇さんに辞退させなかったの？」

「それはいろいろと事情が……彼女のお父さんは宮大工で、男茎神社や玉門神社の修繕工事とか請け負っていて。娘が花嫁を断ると、仕事がもらえなくなるって……だから、娘として受けざるを得なかったようです」

「……困ったわね。じつは、今年の猿田彦はもうほとんど決まっているのよ」

まり江が亮一を見た。

「確か、富塚辰也っていう工場長の息子さんですよね？」

「あらっ、どうしてそれを知っているの」

「すみません。それは、千香子さんに相談したとき、彼女から聞きました」

千香子の名前を出した瞬間に、まり江の表情が硬くなったから、やはり、彼女のことをよくは思っていないのだろう。

「美宇が富塚さんに処女を奪われるなんて、絶対に認められません。お願いします。その富塚さんが猿田彦をやるのを、来年に延ばしていただけないでしょうか？　俺、立派に猿田彦を務めます。お願いします！」

亮一はまた額を畳に擦りつけた。

「でも、あそこの工場からは多大な寄付金をいただいているのよ。本人ももうすっかりその気になっているわ。今からでは難しいわね」

「それをどうにかして……お願いします！」

「でも、きみを猿田彦にしたとしても、うちは何の得にもならないのよ。そうでしょ？」

「わかっています。そこを何とか……」

「ダメね」

まり江のつれない言葉を聞いたとき、亮一の心のなかで何かが目を覚ました。

「だったら、俺、さっきのことをみんなに言いますよ。事務長にセックスを強要されたって……俺の上で腰を振って、勝手にイッたって……それでいいんですね」

「……居直ったわね。勝手に言いふらせばいいわ……でも、何の証拠もないのよ。たかがアルバイトの証言を誰が信用してくれると思うの？」

「……わかりました。だったら、宮司に言いますよ。あなたにセックスを強制されたって。事務長の左太腿の内側には、三つの黒子が並んでいるって……」

さっき、まり江が上になって蹲踞《そんきょ》の姿勢で腰を振っているときに、見つけていた。

三つの黒子のことを言うと、まり江の顔が引き攣《つ》った。

「それって事務長が裸にならないとわからないことでしょ？　証拠になりますよね。それに、あの……榎田宮司があなたと不倫しているってこと、宮司の奥さまに教えたっていいんですよ。それでいいんですね？」

自分でもびっくりするような脅迫の台詞《せりふ》が、口を突いてあふれた。

（……俺って自分で思ってるよりはるかに悪い奴なのかもな）

自己嫌悪に襲われた。

何かをじっと考えているようだったまり江が、口を開いた。

「わかったわ。こうしましょうか？　きみはこれ以降、わたしの男になりなさい。もう、榎田千香子とは親しくしないで。わたしに呼ばれたら、何があっても飛んでくるのよ。そして、わたしを満足させなさい。約束できるなら、工場長の息子は来年にまわすということで、手を打ちましょう。できる？」

　亮一に迷いはなかった。

「できます。そうしますから、猿田彦は俺にまわしてください」

「いいわよ。宮司はわたしの言うことに逆らえないから……」

「お願いします」

「じゃあ、今夜からそれを実行に移して……わたし、まだまだ満たされていないの」

「受けて立ちますよ」

「頼もしいわね。キチンとイカせて。それができなかったときは、この話はなかったことにするわよ。それに、今後、わたしの呼び出しに応じなかったときも、猿田彦はあのバカ息子にまわすわよ。それでいいわね？」

「はい……」

「いいわよ、来て。裸になって、ここに寝て」

　まり江が命じてくる。

　亮一は急いで服と下着を脱いで、布団に仰向けになる。

　まだ女体を知ったばかりの自分が、まり江を満足させられるか不安でもある。さっきは、おそらくまり江はひさしぶりだったから、勝手に昇りつめてくれた。

しかし、二度目だからさっきのようにはいかないだろう。

(だけど、俺は千香子さんにいろいろと教えてもらった。セックスの手ほどきを受けた。それをぶつければいいんだ。やるしかないんだ!)

亮一は自分を叱咤する。

まり江は腕を袖から抜いて、またもろ肌脱ぎになった。ぶるんとこぼれでた乳房を誇らしげに見せつけながら、尻を向ける形でまたがってくる。

袴ははいたままだから、緑色の袴に包まれた尻がぐっと近づいてきた。同時に、まり江の手が亮一の股間に伸びて、それを握る。

シックスナインだ。

千香子としたことがあるから、だいたいやり方はわかる。

「ねえ、袴をめくりあげていいのよ。そうしないと、クンニできないでしょ?」

まり江が言う。

亮一はおずおずと袴をめくっていく。だが、まだ下には白衣がある。

白い小袖の裾がむっちりとした尻を包んでいた。

これも邪魔だ。裾をつかんで引きあげながら、めくりあげる。すると、目の前に肌色の光沢のある尻が現れた。

色が白くて、むっちりと肌が張りつめている。

丸々としたヒップにはほどよく脂が乗って、それがまり江が三十八歳の熟女であることを教えてくれる。

「どうしたの、クンニは？」

まり江がぎゅっと肉棹を握った。

亮一はとっさに枕を頭の下に置いて、顔を少し持ちあげた。こうすると、距離が近くなって、舐めやすいような気がしたのだ。

まり江のヒップをつかみ寄せて、顔を寄せる。

漆黒のビロードみたいな繊毛を背景にして、艶《つや》やかな女の器官が花を咲かせていた。

土手高で、ふっくらとした肉の花弁がひろがって、鮮やかな鮭紅色の内部がのぞいている。しかも、そこはすでにねっとりとした蜜にまぶされていた。

オスを誘い込むような甘酸っぱい香りを感じながらも、狭間を舐めた。ぬるっと舌がすべっていき、

「あっ……！」

まり江が喘いで、肉棹を握る指に力を込めた。

（よし、感じてくれている。これでいいんだ！）

つづけざまに、狭間を舐めた。すると、ぽってりとした肉びらがさらに開いて、奥から蜜があふれ、女の谷間がいっそう濡れ光ってきた。

そして、まり江は舌を走らせるたびに、びくっ、びくっと震えて、ついにはもっとちょうだいとばかりに尻をくねらせはじめた。

「ぁああ、いいわ……きみの舌、すごくいい……しゃぶるわよ。いい？」

「はい……」

次の瞬間、下腹部のものが温かい口腔に包み込まれた。

「くっ……！」

亮一は動きを止めて、もたらされる快感を味わう。

まり江が顔を上下に振りはじめた。柔らかな唇が適度な力で締めつけてきて、徐々に速度があがっていく。

亀頭冠の出っ張りを唇で擦られると、そこからジーンとした快感が育ってくる。

(ダメだ。このままでは、出してしまう……！　何とかしなきゃ！)

亮一はとっさに目の前の花肉にしゃぶりついた。

笹舟形の下のほうで、包皮を突き破るようにして肉芽がせりだしている。それを根元から頬張り、思い切り、吸ってみる。

「うぁあああぁぁ……！」

肉棹を吐き出して、まり江が嬌声をあげた。

「ダメ、ダメ、ダメ……それ、ダメ……ぁあああ、吸わないで。お願い、吸っちゃいやぁぁぁ！　あっ、あっ……」

背中をいっぱいに反らせて、がくん、がくんと痙攣する。

（そうか……クリちゃんを吸われると弱いんだな。よし、もっとやってやる！）

逃げようとする尻をつかみ寄せて、ちゅっ、ちゅっ、ちゅっと断続的に肉芽を吸った。

包皮ごと突起が伸びて、口のなかに入ってきているのがわかる。

吐き出して、大きく舐めた。

さっきより肥大化した肉の突起に上下に舌を走らせ、れろれろっと小刻みに横に弾く。

「あっ、くっ……ぁあああ、やめて」

まり江が訴えてきた。それを聞いて、いったん舌を止めると、

「いや、やめないで……もっと、もっとよぉ」

まり江が尻を擦りつけてきた。

四つん這いになって、緑袴から突き出した白々としたヒップを全身をつかって前後に揺すり、亮一の舌に擦りつけてくる。

さっきより性臭が強くなり、ちょっと生臭いような濃厚な味もする。

亮一の体側の横には白足袋に包まれた足が置かれ、ふくら脛や膝の裏、そこから急激に太くなっていく太腿と丸々とした尻が見える。

「ああ、これが欲しい！」

まり江が下腹部のものを頬張ってきた。

いきりたちを口におさめ、唇と舌でしごきなから、同じリズムで尻を後ろに擦りつけてくる。

亮一は咥えられたイチモツから急速に育ってくる快感を必死にこらえた。

まり江が肉棹を吐き出し、

「これが欲しいわ。ちょうだい。後ろから突き刺して」

唾液まみれの肉棹を握りしめる。

4

こうなったら、嵌めるしかない。幸いにして、亮一はバックは得意だ。

亮一は下から抜け出して、そのまま、まり江の真後ろについた。

垂れ落ちてきた白衣と袴をめくりあげる。

「ああ、ちょうだい。早くぅ！」

転げ出てきた豊かなヒップを、まり江がくなっとよじった。

満遍なく肉のついたむっちりとした尻の底に、女の器官が艶やかに花開いて、亮一を誘っていた。

（確か、このへんだったたな）

いきりたつものを押さえつけるようにして、尻の谷間をおろしていくと、明らかに濡れている個所があった。

（よし、ここだ！）

切っ先を押し当てて、一気に埋め込もうとしたとき、つるっとすべって、頭部が上に撥ねた。

でいった。

今度は慎重に腰を入れていく。

切っ先が入口をとらえて、そこを押し広げていき、あとはぬるぬるっとすべり込んでいった。

（もう一度……！）

「あはっ……！」

まり江がぎゅっとシーツを握りしめた。

「ああ、すごい……！」

まり江の膣は温かくて、とろとろに蕩けていた。だが、緊縮力もあって、入れただけなのに、くいっ、くいっと分身を内へ内へと手繰り寄せようとする。

「くうぅぅ……！」

一瞬、暴発しかけて、亮一は奥歯を食いしばった。

すごいオマンコだ。

榎田宮司はきっとこの性能抜群の女性器に夢中になったのだろう。

射精感をやりすごそうと、尻の丸みを撫でた。光沢を放つヒップは引っかかるところがひとつもないほどにつるつるで、円を描くようになぞると、

「ぁああ、あああ、気持ちいい……ぁああ、もどかしいわ。突いて、思い切り貫いて

よぉ！」

まり江はこらえきれないというように、くなっと腰を揺すって誘ってくる。

亮一は覚悟を決めて、ゆっくりと腰を動かす。

強く突かないで、じっくりと少しずつ浅瀬を擦る。

千香子は、きみのおチンチンはカリが発達しているから、入れるときよりもむしろ、引かれるときに、カリが粘膜をめくりあげてきて、気持ちいいのだと教えてくれた。

それを思い出して、引くときに意識的にゆっくりと膣を逆撫でする。つづけていると、それがいいのか、

「ぁあああ、引っ掛かりがたまらないのよ。落ちるぅ……落ちそう……ぁああ、おかしくなる」

まり江はシーツを指で引っかいて、悦《よろこ》びを表す。

(そうか……今度は両方をつかって！)

亮一は短いジャブを繰り出しておいて、いきなり、ズンッと奥に届かせる。

「うあっ……！」

まり江がのけぞりながら、奥を突かれる衝撃をあらわにする。

そこから、素早く引いて、カリで粘膜を逆撫でする。

それを繰り返すうちに、まり江はもう何が何だかわからないといった様子で、身悶えをし、シーツを持ちあがるほどに握りしめて、

「あんっ、あんっ、あんっ……ぁあああ、すごいわ。イキそう。わたし、またイッちゃう……!」

切羽詰まった声を洩らす。

亮一は不思議にまだもちそうだった。きっと、まり江を絶頂へと導かなければいけないという使命感が亮一を成長させているのだろう。それもすべて、美宇の処女喪失の儀式を他の男にさせたくないという一心からだ。

美宇への熱い気持ちが、亮一を強くしている。

そのとき、まり江が右手をおずおずと後ろに差し出してきた。

(これは、千香子さんもやっていたな。そうか、こういうことか……)

亮一は右腕をつかんで、後ろに引き寄せた。

すると、まり江もがっちりと亮一の腕をつかんでくる。

体重を後ろにかけて、ぐいと腕を引き寄せながら、がんがんと打ち据えた。

少し半身になって、たわわな乳房をぶるん、ぶるるんと波打たせながら、

「あんっ……あんっ……あんっ……」

まり江はとても三十八歳とは思えない若い声を放つ。

「ねえ、こっちの手も……」

まり江が左手も後ろに伸ばしてきた。

(両手持ちバックか……よし)

亮一は反対側の腕も握った。

両手を後ろに引っ張ると、まり江の身体が浮きあがってきて、亮一は後ろに体重をかけて起こしながら、下から突きあげる。

思っていた以上に上手くできる。

斜めになったまり江は突きあげられるたびに、長い黒髪を揺らし、乳房も波打たせて、

「あんっ、あんっ……すごい。奥まで入っている。内臓が押しあげられる。ぁああ、許して……もう、許して……」

口ではそう言っているが、まり江が快感にひたっていることはだいたいわかる。きっと、普通より激しいセックスが感じるんだろうと思った。

千香子は女性はやさしく扱いなさいと教えてくれた。だが、こうも言っていた。セックスは各々によって、好き嫌いがまったく異なると。

（そうか……激しいのが好きなんだな）

亮一は若いぶん、体力がある。

両肘をつかんで後ろに引き寄せながら、思い切り突いた。

「あんっ、あんっ、あんっ……ぁなああ、許して……もうダメっ……許して。許して……ぁあああ、イッちゃう。ちょうだい！　今よ！」

まり江がさしせまった様子で言う。

「おおおぉ……！」

射精覚悟で打ち込んだ。

すると、まり江は急にのけぞって、がくん、がくんしながら、上体から力を抜いた。

亮一はそっとまり江の上体を布団におろす。

昇りつめたのか、まり江はぐったりとして、時々、震えている。だが、奇跡的にまだ亮一は放っていない。

折り重なっていると、まり江が言った。

「ねえ、女の人を縛ったことはある？」

「いえ……ありませんけど」

「簡単だから、やってみて」

まさかのことを言って、まり江は立ちあがり、どこからか赤いロープを取り出してきた。二本ある。

短いほうのロープを一本、亮一に渡して、

「手首をひとつにくくって」

と、両手を前に差し出してきた。

「……こういう趣味があるんですか？」

亮一はおずおずと訊いた。まり江はうなずいて、

「亡くなった夫に仕込まれたのよ。そういうことが好きな人だったから」

恥じらいながら答える。

なるほどと思いながら、亮一は赤い綿ロープで前に出された手首をひとつにくくっていく。

ロープは柔らかく、これなら、肌を傷つけることはなさそうだった。

（しかし、実際にこういう趣味を持つ人がいるんだな）

驚きつつも、まり江の手首を前でひとつにくくって、ぎゅっと結んだ。

すると、まり江は両手を前から後頭部にもっていき、言った。

「そっちのロープで胸を縛って……上と尻と両方縛って、適当に留めてもらえればい

いから」

ごくっと生唾を呑み込んで、亮一は長いほうのロープを言われたように二重にし、たわわな乳房の上のほうにまわし、後ろで交差させて、下のほうにまわす。

「ああ、ゆるすぎる……もっと、強く、ぎゅっとして……そうよ、そう……もっと……ぁあああ、そうよ、そう……そこで留めて」

亮一は指示されたように後ろでロープを留める。

白足袋だけはいたむっちり型のまり江が、赤いロープでひとつにくくられた両腕を後頭部にまわし、たわわで形のいい乳房を上下二段に縄化粧されて、佇んでいる。

その羞恥と快感がないまぜになった表情が、亮一の奥底にある何かを掻きだそうとする。

「立っていてね」

そう言って、まり江が亮一の前にしゃがんだ。

両手を後頭部に添えた状態で、半勃起している肉茎を丁寧に舐めはじめた。

それから、唇をひろげて口に含み、ゆっくりと顔を打ち振る。

(ああ、これは……この奇妙な感情は？)

自分のような男にも、ご奉仕されることの悦びはあるのだと思った。

まり江は長い黒髪を垂らしたまま、ずりゅっ、ずりゅっと肉棹を唇でしごき、ねっとりと舌をからめてくる。

きっとこの人は、男に誠心誠意尽くすことが悦びなのだろう。一生懸命に肉棹を頬張り、しゃぶり、舌をからめてくるその仕種や表情のひとつひとつから、尽くすことの悦びのようなものを感じる。

（こんなステキな人なのに、どうして宮司はあそこがままならなくなったのだろう？　重いってやつか？　それとも、過剰な性欲を受け止めきれなくなったのか？）

まだ経験の浅い亮一にはわからない。

しかし、今のところ、亮一はまり江のご奉仕力を至福に感じる。

仕事では几帳面で生真面目な事務長が、セックスでは男に尽くすことに悦びを見いだしている。そのことが、亮一も昂奮させる。

まり江は顔を傾けて、亀頭部を頬の内側に擦りつける。ハミガキフェラだ。

頬が異様にふくらみ、それが移動する。

自分の顔が醜くなることを敢えてするまり江の気持ちがわからない。それでも、自分の分身が女性の頬の内側を擦っていることに、亮一は昂《たかぶ》る。

まり江がまっすぐに頬張ってきた。

根元まで口におさめ、ずりゅっ、ずりゅっと大きくしごき、先端だけに唇を往復させる。

敏感なカリとその裏側をリズミカルに唇でしごかれると、猛烈に入れたくなった。

「まり江さん、そこに寝て」

言うと、まり江はちゅるっと吐き出して、布団に仰向けになる。

そこでも、両手を頭上にあげて、乳房をあらわにしている。足は擦り合わせるようにして、漆黒の翳りの底を隠している。

亮一は片膝をすくいあげて、もう一方の手で屹立をつかんだ。

あてがって擦ると、狭間はぬるぬるになっていた。

(こんなに濡らして……)

慎重に腰を入れると、切っ先がスムーズにすべり込んでいき、

「はう……!」

まり江が顎をせりあげた。

亮一は覆いかぶさっていき、乳房を揉んだ。上下二段でくくられて、いっそう豊かさを増した双乳を荒々しく揉みしだくと、乳肌は想像以上に汗ばんでいて、柔らかな肉層がすべる。

女性は昂奮が極まってくると、汗ばむと聞いたことがある。やはり、まり江は縛られると、いつも以上に高まるに違いない。

その証拠に中心の乳首はさっきより飛び出しており、それを指腹でつまんでくりくりと転がすと、

「ぁあああ、あああああああ……いいの。それ、いいの……はうぅぅ」

まり江がいっそう顔をのけぞらせる。

(こうしたほうが感じるんじゃないか……！)

強めにつまんで、圧迫を加えながら、突起を転がすと、

「ぁあうぅぅ……許して。それ、許して……」

まり江が言う。亮一がやめると、

「やめないで……して。もっとぎゅっとして。押し潰して……」

逆にまり江がせがんできた。亮一が指腹に力を込めてぎゅっと潰すと、

「ぁああ、それ……！」

まり江が悲鳴に近い喘ぎを放った。同時に、膣がぎゅ、ぎゅっと締まって、分身を食いしめてくる。

(ああ、ダメだ。我慢できない。いや、我慢だ。もう少しで……！)

亮一は気持ちを逸らそうと、あらわになった腋《わき》の下にキスをする。きれいに剃《そ》られたつるつるの腋窩《えきか》にキスを浴びせ、舐めた。

汗ばんでいる腋窩からは甘酸っぱい汗とチーズのようなふくよかな香りが立ち昇り、それを充分に堪能してから、今度は二の腕を舐めあげていく。

ややゆとりのある柔らかな二の腕に舌を這わせると、

「ああああ……気持ちいい。気持ちいいの……」

まり江は鼻にかかった声で言って、もっと突いてとばかりに下腹部をせりあげて、ぐいぐいと擦りつけてくる。

亮一ももう我慢の限界を迎えていた。

顔をあげ、腕立て伏せの格好で打ち込んだ。

爆発寸前の如意棒《にょいぼう》でぐいぐいと擦りあげていくと、まり江がいよいよさしせまってきたのがわかる。

赤いロープでひとつに縛られた手指を頭上にあげ、上下をくくられた乳房をぶるん、ぶるんと揺らして、

「ぁあああ、来るわ。来る……お願い。イッて……あなたも出して……ちょうだい。わたしのなかにちょうだい……いいのよ、出して……欲しい、欲しい……ぁあああ、

今よ、突いて。わたしを壊して……すべてを忘れさせて！」

まり江が今にも泣き出さんばかりの顔で訴えてくる。

「まり江さん……いきますよ。そうら、おおおぉ！」

最後は吼えながら、突きまくった。

まり江は足をM字に開いて、切っ先を奥まで導きながら、

「あんっ、あんっ、あんっ……ぁあああ、来るわ。来る……いいのね、イクわよ。また、イクわよ」

「いいですよ。イッてください。俺も、俺も……」

残りの力を振り絞って、打ち込んだとき、

「イク、イク、イクぅ……やぁああああああぁぁぁぁぁ……くっ！」

まり江は両手を頭上にあげたまま大きくのけぞり、顎をいっぱいに突きあげた。

(よし、今だ！)

もう一太刀《ひとたち》浴びせたとき、亮一も至福に押しあげられた。

歓喜のダンスをするまり江めがけて、思い切り男液をしぶかせる。

熱い精液がものすごい勢いで放出される快感が背筋を貫いていく。

「ああ、感じる！　やぁあああ……！」

男液を浴びながら、まり江はがくっ、がくっと震えている。

うごめく体内が、亮一の精液を一滴残らず搾り取っていく。

すべてを打ち尽くして、亮一はがっくりと覆いかぶさっていった。

しばらくすると、まり江が下から言った。

「合格よ。あの件、任せてちょうだい。その代わり、呼び出しには必ず応じるのよ。もっとかわいがってあげる」

「わかりました。約束します」

「じゃあ、わたしの縄を解いてちょうだい」

まり江が差し出してきた手首の赤いロープを、亮一はその結び目を解いて、外した。

すると、まり江は自由になった両手で亮一を抱きしめて、上になり、また唇を合わせてきた。

第五章　性と聖の祭り

1

男茎《おはせ》神社の豊年祭が行われる前日、亮一は祭りの準備で大忙しの神社を抜け出して、玉門神社の豊年祭のパレードを見にきていた。

トラックの荷台に大きなオタフクのハリボテのお面が立てられ、その前に、文金高島田に白無垢姿の糸原美宇が椅子に座って、押しかけてきた観客の声援を受けていた。白粉《おしろい》を塗った美宇は日本人形のように美しく、艶やかだった。

(すごい。想像以上にきれいだ！)

その姿を見るだけで、ドキドキしてしまう。

明日は祭りのあとで、本殿で美宇の処女を散らすのだ。

あれから、亮一はまり江に徹底的に尽くした。その甲斐あって、ようやく三日前に亮一が猿田彦をやることが決まった。

まり江と宮司が、工場長とその息子を、来年には必ず猿田彦をやってもらうからとどうにか説得してくれたのだ。

今、美宇の愛らしく艶やかな花嫁姿を見て、あらためて亮一はほっと胸を撫でおろした。

こんな可憐な美宇が他の男に抱かれるなんてことになったら、たぶん、亮一は美宇を連れて逃げていただろう。

花嫁を乗せたトラックが近づいてきて、亮一が手をあげると、それに気づいた美宇が微笑んで、右手を振った。

美宇としても、明日の猿田彦役が亮一と決まって、安心しているのだ。

トラックの後ろには、オタフクの面を抱えた巫女の姿をした女性たちが、列をなしている。

一行が通過して、亮一は男茎神社に向かう。

袴をはいていても、自転車に乗ることはできる。

十分ほど漕いで神社に到着し、職務に戻った。神社は明日の豊年祭に向けて、大忙しだ。明日使う男根神輿を、今年厄年の男たちが担ぐ練習をしている。

長さ二メートル、重量三百キログラムの檜造りの男根はぴかぴかに磨き抜かれて、表面がてかてかに光っている。

一方では、希望者から選ばれた美人揃いの女性たちが、二十名ほど白衣に緋袴をはき、千早をはおって、これも大きな木製の男根を胸に抱きかかえて歩く練習をしている。

（エロいな、エロすぎる！）

選ばれただけあって、みんなきれいた。

その美人巫女たちが抱えるのが精一杯という五十センチほどの本物そっくりの男根を落とさないように、胸にしっかりと抱えて行進するのだから、これで昂奮しない男はいないだろう。

亮一も明日のリハーサルとして、猿田彦のお面をかぶり、装束を着て、杖を持って、歩く練習をする。高下駄だから、歩くのも一苦労だ。

猿田彦は行列の先頭に立って、誘導する。宮司に教えてもらって、コースなどもしっかりと確認をする。コースを間違えては台無しだから、かなりプレッシャーがかかる。

猿田彦のお面は猿を模したものだが、鼻は天狗《てんぐ》のように赤く高く、屹立したペニスを想像させる。だが、これをかぶっている限り、それが亮一であることはわからないので、ある意味リラックスできる。

リハーサルを終えて、ロッカールームで一休みしていると、千香子がいきなり入ってきた。

千早を着て、髪は絵元結に結ったままだ。

「見てたわよ。思ったより、決まってるじゃない。よかったわね、猿田彦になれて」

千香子が近づいてきて、亮一の肩に手を置いた。相変わらずの凜とした美貌に、亮一は魅了されながらも言う。

「ああ、はい……千香子さんにアドバイスをいただいたお蔭です」

「そうよね。そのわりには、わたしへの感謝がないわよね。ここのところ、ご無沙汰だし」

「すみません。それは、あの……」

「いいのよ。事情は聞いてわかっているから。まり江さんにご奉仕しないといけなかったものね。ただ、からかってみただけ……」

千香子は、かわいい後輩の美宇と亮一を結びつけるために、亮一とまり江との関係を認めてくれていた。

しかし、理性ではわかっていても、どこか悔しさは残っているのだろう。

千香子は一段高くなった座敷部分に、お行儀悪く足を開いて座って言った。

「明日は破瓜の儀式の前に、わたしも舞を奉納しなくちゃいけないの」

「えっ？　千香子さんも一緒にいるんですか？」

「そうよ。聞いてないの？　わたし以外に事務長もいるし、もちろん、宮司や禰宜もいるし、他にも氏子総代や二人の有力者も同席するのよ」

そういうこともあるかと思っていたが、実際に知ると、美宇の処女を奪う姿をみんなに見られることの恥ずかしさや憤りのようなものを感じる。

「こっちへ……」

千香子に手招かれて、亮一が近づいていくと、

「舐めて。わたしのあそこを」

そう言って、千香子が緋袴と白衣をたくしあげた。

白足袋に包まれた長い足が太腿の途中まで見えて、亮一はドキッとしてしまう。

「最近、全然していないから、わたしも、ウズウズがおさまらないの。それに、明日はきみも大切な儀式があるんだから、今のうちに一発出しておいたほうが、上手くで

きると思うのよね。処女を奪う前に射精なんて、目も当てられないでしょ？」

「……もう、それはないと思いますが……」

「自信満々ね。それだけ、まり江さん相手にやり込んだってことね。悔しい……わたしが男にしてあげたのに。とにかく、舐めて……お願い。もう我慢できないの」

恩人である千香子に懇願されると、いやだとは言えない。

亮一は前にしゃがんで、白足袋に包まれた足を持ちあげて、ふくら脛から膝へ、さらに太腿へと慎重に舐めあげていく。

「ぁああ、上手になった。どんどんいやらしくなってきた……あの女狐に仕込まれたのね。もう、悔しい……！　ぁああ、そこ……そこよ、そこ……」

ぽってりとした肉びらの狭間を舐めると、千香子はまり江への敵愾心《てきがいしん》をのぞかせながらも、びく、びくっと内腿を痙攣させる。

甘く、いやらしい香りが袴の内側にこもっていた。もともと湿り気を帯びていた女の証がますます濡れて、濃厚な香りを放つ。

この頃には、亮一も自分を男にしてくれた恩人に、成長した自分を見てほしくなっていた。

上方のクリトリスを舐めながら、下の膣口を指で愛撫した。

すると、千香子はもっとしてとばかりに腰を前後に揺らし、さらには、畳に仰向けになった。両足を地面につけて、足をひろげ、背中を座敷につける格好である。鮮やかな緋袴がめくれあがって、長い太腿と下腹部の翳りまでもが見えてしまっている。

太腿の奥の雌芯を、亮一は口と指でかわいがる。クリトリスの包皮を剝いて、じかに本体を舌であやす。そうしながら、膣口を指でなぞっていると、

「ああ、我慢できない。ねえ、指をちょうだい。入れて、欲しいの。お願い……」

千香子がせがんできた。

少し前ならできなかった。しかし、今ならできる。

亮一はいったん顔を離し、中指を膣口に添えた。すでに周囲はおびただしい蜜であふれ、ちょっと力を込めただけで、中指は容易に嵌まり込んでいき、

「あああああっ……！」

千香子は喘ぎ、口に手のひらを当てて、押し殺す。

（すごい！　何もしていないのに、膣が勝手に指を吞み込んでいく！）

すでに充分に潤った粘膜がざわめきながら、中指を奥へ奥へと引っ張り込もうとす

る。

くいっ、くいっと締まってくる膣の動きを感じながら、上に向けた中指で天井のほうをさぐった。ぬらつく奥のほうから入口のほうへとなぞり寄せると、ざらついた部分があった。

(まり江さんはここを擦ると、すごく感じた。千香子さんも……)

亮一は指を尺取り虫みたいに這わせて、Gスポットらしきところを擦りあげる。すると、千香子の気配が一気に変わった。

「ぁああ、そこ……そこ、気持ちいい……ぁああ、そのまま……そのまま……」

喘ぐように言って、自分も腰をつかう。

指の動きに合わせて、腰を下から上へとせりあげて、感じるポイントを擦りつけては、

「たまんない。そこ、たまんない……ぁあああ、あああ、欲しい。イキたいの。もっと、もっと太いのをちょうだい。ブチこんでぇ!」

千香子があられもないことを口走った。

千早をはおった巫女が、もっととばかりに自ら下腹部をせりあげ、ぐいぐいとGスポットを擦りつけてくる。

（どうする？　やっちゃうか……しかし、明日には美宇の処女を……。その前日に他の女性としては、きっと神様のバチが当たる。それに、美宇にも申し訳ない。ここは指だけで……！）

心に決めて、もう一本指を増やした。

亮一の場合、人差し指より薬指のほうが長い。中指と長さが同じほうがいいだろうと、薬指を足した。

二本指をぴたりと合わせて、一本のペニスのように使い、かるく抜き差しをしてみた。すると、やはり一本より二本のほうが圧迫感が強いのか、ぐちゃぐちゃと粘膜を攪拌《かくはん》する音が高まり、指の出し入れに応えるように、千香子は下腹部を擦りつけてくる。

「あああん、いやっ……恥ずかしい。見ないでぇ……腰が動いちゃう……ぁああ、へんよ。何かへんよ……熱いわ……出そう。オシッコが出そう！」

千香子があられもなく言って、腰を振り立てる。

「オシッコですか？」

「ええ……初めてよ、こんなの初めて……ぁああ、待って。本当に待って……」

千香子が真剣に訴えてくるので、亮一は指の動きを止めた。

と、すぐにまた千香子の腰が抽送《ちゅうそう》をせかすようにせりあがり、

「つづけて……お願い。つづけて……」

「でも、オッシコが？」

「わかってる。でも、いい……して、つづけて……我慢できないの」

それならばと、亮一は上を向いた二本指の腹で、Gスポットらしきところを擦りあげた。前後に擦り、なかで膣壁を押す。

と、粘膜が思っていたよりずっと凹み、一定以上行くと、そこから指を押し返してくる。

「ああああ……へんよ、へん……したいの。オシッコしたいの……出していい？ここで出していい？」

「……いいですよ。出していいですよ」

亮一は熱気の塊に背中を押されて、二本指で膣の天井をこちら側に向かって、引っかいた。

そのとき、異変が起こった。

なかから何やら熱い液体が吹き出る感触があって、その圧力に押されて、指を抜いた。その直後に、透明な液体がよじれながら、飛び出してきた。

　「うわっ……！」

　亮一は濡れないようにとっさに体をかわす。

　「出てるぅぅぅ！」

　そう叫ぶ千香子の割れ目から、すさまじい勢いで、透明なオシッコが絞り出される。

　ホースの口を指で圧迫したときに吹き出る水のように、ねじれた放水があって、それを終えると、千香子は惚《ほう》けたような顔になって、はぁはぁはぁと胸を喘がせる。

　ロッカールームの床が液体で、濡れて光っていた。

　「も、もしかして、これ、潮《しお》吹きじゃないですか？」

　「……そうかもしれない。初めてだから、わからないけど」

　「初めて？」

　「そう……すごく気持ちが良かったわ。男性が射精するときの快感がわかった気がする……。でも、何かまだ残っている気がする。もう一度、お願い」

　そう言われては、亮一としても挑戦したくなる。

　床を濡らした透明な液体はまったくアンモニア臭がないから、これはオシッコではない。やはり、千香子は潮を吹いたのだ。

　「どうせなら、きみのを咥えながら吹きたいの。男が上になるシックスナインがいいかな」

千香子がまさかのことを言う。

「上手くできるかどうかわからないけど、やってみます」

挿入するわけではないから、神様も許してくれるだろう。

亮一はブリーフを脱いで、白衣をはしょって、腰紐に留めた。

下で仰臥している千香子の顔面をまたぐ形で、ギンギンにいきりたつものを口許に寄せると、千香子が下から頬張ってきた。

調整が難しいらしくて、切っ先が喉を突いたのか、ぐふっと噎せた。

手を屹立に添えて、ねろり、ねろりと長い舌をからめてくる。上下動が欲しくなって、亮一が自分で腰を縦に振ると、千香子は一生懸命に唇をかぶせて、舌をからめてくる。

「ああ、くっ……!」

亮一は思わず呻いていた。

自分で腰を動かすと、すごく快感が高まる。

それに、千香子の唇や舌や口腔はまるで膣そのもののように、まったりと勃起にからみついてくるのだ。

千香子が自分から下腹部をせりあげて、せがんでくる。

さっきのは偶然の潮吹きだった。自分のようにまだ経験の浅い者が意図的に潮吹きなどさせられるのだろうか？

不安を抱きつつも、ふたたび、右手の中指と薬指をまとめて翳りの底に押し込んでみる。

さっきとは方向が反対だ。だけど、これは指をくいっと曲げさえすればいいのだから、できないことはない。むしろ、やりやすい。

第二関節で曲げた指で、天井側をぐいぐい押しながら、ゆっくりと前後にもすべらせる。

「ああ、これ……クリちゃんも刺激されて、気持ちいい……」

千香子がいったん肉茎を吐き出して言い、ふたたび頬張ってきた。

(そうか……そうだよな。確かに、クリちゃんにも触れてる感触がある。それに、おチンチンも気持ちいい……！)

亮一はともすれば快感に溺れてしまいそうになるのを必死にこらえて、指を抜き差しする。

千香子の膣はもうどろどろに蕩けていて、さっき吹いた潮と愛蜜でぐちゃぐちゃになっている。

徐々にストロークのピッチをあげていくと、ぐちゅ、ぶちゅと蜜があふれ、ますます指のすべりがよくなる。そして、千香子の膣は地殻変動でも起こしたように盛りあがり、うごめく。

「ぁああ、出そう……また、出そう……出るよ、出る！」

千香子が肉棹を吐き出して、切実に訴えてきた。

「いいですよ。出してもいいですよ。何か、俺も出そうです」

「ぁああ、ステキ……きみも出して。潮を吹きながら、ごっくんしたい……ぁああ、出して！」

千香子がまた頰張ってきた。今度はチューッと吸いながら、自分からも顔を振ってくれる。

バキュームフェラとディープスロートの融合技に、亮一のボルテージも一気に高まる。

「おおぅ、出そうだ。千香子さん、出そうだ！」

亮一が今だとばかりに激しく二本指を抽送し、内部を掻きだすように擦りあげたとき、

「んん……うはっ……！」

千香子が足を痙攣させた。次の瞬間、透明な液体が膣と指の間から吹き出した。

「ぁああ、すごい……出てる。潮を吹いてる！」

叫びながらなおも指でなかを掻き混ぜる。その間も、透明な潮がよじれながら断続的に放出されている。

（すごい！　すごすぎる！……おお、俺も出るぅ！）

自ら腰を振った直後、亮一もしぶかせていた。

明日のために溜めておいた男液が豪快に放たれて、腰も脳も痺れる。

そして、噴き出るザーメンを、千香子は頬張ったまま、こくっ、こくっと喉を鳴らして呑んでくれているのだ。

さすがに、もう潮吹きは止んでいた。

それでも、床は変色し、濡れ光り、飛び散った潮が白衣や緋袴をも濡らしている。

千香子が白濁液を呑み終えるのを確認して、亮一は肉茎を口から抜き取り、床に降りた。千香子は息絶えたようにぐったりとして動かない。

これほど激しく気を遣った千香子を見たことはない。きっと、初めての潮吹きで精根尽き果ててしまったのだろう。

亮一が床に散った潮を雑巾で拭き取っていると、千香子が身体を起こし、身繕いをととのえた。それから、亮一に声をかけてくる。

「……明日、頑張りなさいね。あまり他の人の目を意識すると、勃《た》つものも勃たなくなるから、客のことは気にしないようにしなさい。美宇ちゃんだけ見ていれば、絶対に上手くいくから」

力強い励ましの言葉をもらい、

「はい……そうします。今までいろいろとありがとうございました。すべて、千香子先輩のお蔭です」

亮一は心から頭をさげる。

「いいのよ。童貞くんを育てるのが、わたしの趣味なの。きみはもう充分に育った。じゃあ、明日……」

千香子は何事もなかったかのように、ロッカールームを出ていった。

2

翌日は快晴で、お祭り日和だった。

神輿行列は午後二時から行われるのだが、男茎神社にはすでに午前中から参拝者が集まってきて、参道の左右に開かれた屋台に群がっている。

ものすごい数の参拝客だ。今日だけで、何万という客が押しかけてくるのだ。

拝殿に祀られている男根形の神木に手を合わせる者や、奥のほうにある珍宝窟にお賽銭を投げ、チンと鳴らし、睾丸の形の石をさすって、子孫繁栄や恋愛成就を願っている者もいる。

境内の至るところに置かれた男根の形をした石や木彫りのペニスにキャッ、キャッ言いながらスマホを向け、その前で自撮りしているギャルもいる。

総体的に感じるのは、男性より女性のほうが生き生きしているということだ。

(やっぱり女性は、おチンチンが好きなんだな。あの形をしている物を見ると、気持ちが昂るようにできているのだな)

亮一はいつも思うことをまた思った。

午後二時が近づいてきて、亮一は猿田彦の衣装をつける。

平安時代に貴族が着ていたような着物をつけ、袴をはいて、高下駄を履く。

そして、お面をかぶる。

色は赤だが、吊りあがった白い眉に薄茶色の髭を生やしていて、怒ったような表情をしている。神様を先導しながら、邪魔者を払う役割があるからだ。

とくに、赤い鼻は天狗のように高く、それが男性の勃起したイチモツを想像させる。

午後二時になって、猿田彦の扮装をした亮一は、行列を引き連れて、神社を出発する。

そのあとには、浮き出た血管やカリの開き、陰毛までもリアルに描かれた幟《のぼり》がつづく。

幟のペニスは、歌麿《うたまろ》が浮世絵に描いたリアルだがデフォルメされた男根そのもので、この祭り以外で、この男根の幟を外ではためかせるなんてことはまずできないはずだ。

そして、その幟のあとに、木彫りの男根を胸に大切そうに抱え、千早をはおって、緋袴をはいた二十名ほどの巫女たちの行列がつづく。

沿道に詰めかけた観客たちは、その巫女たちが大事そうに胸に抱えた、長さ五十センチほどの木彫りの男根に触れようと、必死に手を伸ばす。

そして、巫女たちもそれをまったくいやがらず、むしろ、自分のほうから触らせてあげようと積極的に突き出している。この男根に触れると、子宝、安産、縁結びと様々なご利益があると言われているからだ。

しかも、その巨大ペニスを抱えている者が、公募で選ばれた美女であり、千香子のような本職の巫女も混ざっているので、沿道の熱気は否応なしに高まる。

そして、その後にこの行列の目玉とも言うべき大男茎形《おおおはせがた》神輿が登場する。

長さ二メートル、重さ三百キログラムの極めてリアルに作られた木彫りの巨根が、神輿に載せられて、

「ワッショ、ワッショイ」

という男たちの掛け声とともに、上下に激しく揺れる。

今年厄年を迎えた男たちが数十名、神輿の棒を肩に担いでいる。これが普通の神輿ではないことは、彼らが法被《はっぴ》ではなく、白衣に白袴をはいていることでわかる。

つまり、彼らは自ら厄を落としつつ、男茎神社の子孫繁栄、五穀豊穣、縁結びなどのご利益を、神輿を外に出すことで、町中に振りまいているのだ。

この場合は、ご利益というより、男根の持つ性的パワーだ。性的エネルギーを大放出しているわけだ。

その証拠に、沿道に詰めかけたほとんどの女性が頬を赤らめ、上気した表情を見せている。

この大男茎形神輿が激しく上下動し、揺さぶられるのを目の当たりにして、きっと女性の多くは子宮を突きあげられているような錯覚を抱くのだろう。

亮一は行列の先頭を猿田彦として歩きながら、尋常でないパワーを感じ取っていた。

一種の治外法権的な空間と言うべきか、このときだけは、人々も何をしても許されるような感覚に陥《おちい》るのだろう。

沿道の女性のなかには、男茎神社で売られている男根形のピンクの飴《あめ》をフェラチオのごとくしゃぶりながら、巨大男根神輿をうっとりと目を潤ませて眺めている者もいる。

後ろから聞こえる、「ワッショイ、ワッショイ」の力強い男たちの掛け声、巫女たちが抱えた大型ディルドーを我先にと触れようとする女たち——。

(俺がこの行列を先導していのだ……！)

亮一は装束の下で、分身が力を漲らせるのを感じた。

3

深夜、豊年祭を終えた男茎神社の境内はひっそりと静まり返っていた。

本殿も外から見たら、何も異常はない。だが、唱えられる祝詞の声だけがわずかに洩れている。何も知らない人が聞いたら、こんな遅くに祝詞の練習をしている者がいるくらいにしか思わないだろう。

だが、その内側では、秘密の儀式が厳かに行われていた。

奥に祭神が置かれ、神輿に載っていた巨大な大男茎形が屹立する本殿で、榎田宮司が渋い声で祝詞を唱えている。

その後ろには、雅楽の演奏者でもある禰宜や権禰宜が座り、氏子総代、地元の有力者なども厳粛な顔で着席している。

その間、亮一はステージに面した控室で、美宇とともに出番を待っていた。

亮一はすでに猿田彦の装束は身につけていたが、お面は外している。美宇も白無垢の着物に打ち掛けをはおり、島田に結った黒髪に白い角隠しをつけていた。

オタフクのお面はまだつけていないから、その愛らしい顔がよく見える。

白無垢を着て、角隠しをつけた美宇は、顔に薄く白粉を塗り、頬と唇に紅をさしていて、本当の花嫁のようだ。清楚で凜々しくて、亮一は思わずその横顔に見とれてしまう。そのとき、

「怖いわ」

美宇が亮一の手をぎゅっと握ってきた。

「……大丈夫だよ」

その手を握り返した。

「でも、あんなに人が見守っているなんて、知らなかった」

角隠しの下で、美宇の大きな目が不安そうに伏せられる。

「大丈夫。お面をつけるから、誰かわからないよ。それに、美宇は俺だけを見ていればいい。他の人のことは気にしないで」

亮一は励まして、美宇の手をやさしく包み込む。

もちろん、亮一だって不安だ。だいたい、いくらか神に奉納するためとはいえ、こんな衆人環視のもとで女性のバージンを奪うなど、尋常ではない。

しかし、いくら理不尽でも、もう決まってしまっているのだから、やるしかない。

自分が不安を抱いていることを、美宇に悟られてはいけない。

それに、いよいよ自分は美宇のバージンをいただくのだ。それはこの上ない至福であることに変わりはない。

(やるしかないんだ!)

自分を鼓舞している間にも、雅楽が奏でられ、横笛の音が高まり、巫女姿の千香子が登場してきた。巫女舞を捧げるのだ。

千香子は緋袴をはき、千早をはおり、白い和紙で絵元結いにした髪には黄色い花をあしらった挿頭《かざし》をつけている。

驚いたのは、右手にはいつもの神楽鈴を持っているのに、左手では木彫りの男根を握っていることだ。

横笛の音が一段と高まり、千香子の持つ鈴が鳴らされる。

鈴の音が徐々に高く響き、千香子が静かに舞う。

端麗で抑えた舞がつづき、やがて、鈴の音とともに動きが激しくなった。

ひらりひらりと舞っていた動きが止まり、千香子が神殿に向かう形でひざまずいた。

そして、張形を両手で握った。

ドキッとした。

巫女の正装をした美しい千香子が、我が神社のシンボルである張形を舐める真似をしたのだ。しかも、有力者たちの見ている前で。

千香子の実際のフェラチオの快感を知っているだけに、亮一の分身はむくむくと頭を擡げてきてしまう。

「いやっ……！」

それを見ていた美宇が、顔を伏せた。

しかし、しばらくすると美宇はおずおずと目を開いて、その様子を眺める。

ヒチリキの音が高く響き、千香子は口をいっぱいにひろげて、木彫りの男根を口に含んだ。

最初は下を向いていた顔が徐々にあがり、ついには、水平より上に顔を向ける形で張形を頬張り、唇をすべらせる。

白い和紙で包まれた長い髪が揺れ、唾液でぬめ光っている張形も千香子の口腔に没し、出てくる。

その姿は、神殿の前にひざまずいた千香子が、神様のペニスを頬張り、ご奉仕をしているようにも見えた。

巫女は神の使いであり、神に奉仕する者でもあるから、これはこれで正統的な儀式なのかもしれない。

亮一はその場の尋常でない雰囲気に気づいた。

見ると、いつの間にか出てきた、オタフクのお面をかぶった三人の巫女姿の女性が、氏子総代や有力者の三人の前にしゃがんで、下腹部のいきりたつものを頬張っているではないか。

オタフクのお面をかぶっているので、その巫女が誰であるかその正体はわからない。察するところ、事務長のまり江とうちの巫女二人なのだろうか？

オタフクのお面で顔が隠れているから、特定はできない。

そして、オタフクの口に当たる部分がぱっくりと大きく開口していて、巫女たちはそこからのぞく唇で、有力者たちの猛りたつ肉柱を咥え込んで、ゆったりと唇をすべらせているのだ。

美宇もそれに気づいたのか、びっくりしたように口に手を当てて、目を見開いている。

（こ、こんなことまでするのか……！）

すでに本殿は異様な雰囲気で、それは亮一にも美宇にも伝わってくる。

「大丈夫だよ」

亮一は美宇の手をぎゅっと握りしめた。

ステージでは千香子がフェラチオをやめて、両手で持った張形を自らの下腹部に突き刺すような動きをはじめた。

不思議なのは、その淫らな動きはまるでストリッパーなのに、決して猥雑ではなく、巫女舞の神聖さも保っていることだ。

シャリリ、シャリリン――。

神楽鈴の涼しい音が響く。

その音が徐々に大きくなって、千香子の動きが苛烈さを増した。両膝を突いた姿勢で、両手で持った木彫りの男根を自らの腹部に向かって突き立てるような所作をしつつ、自分でも腰を激しく振り立てる。

ヒチリキの甲高《かんだか》い音が高くなり、千香子は最後に張形を深々と下腹部に突き立てるような所作をし、ぐーんと大きくのけぞった。

エクスタシーに達したのか、がくん、がくんと身体を揺らした。

全身を痙攣させながら、絶頂のときが通りすぎると、その場にゆっくりと崩れ落ちていく。

はぁはあはあと肩で荒い息をして、丸まった背中も揺れている。

その左手がいまだに張形を握りしめているのを見て、亮一の股間は完全勃起した。見ると、美宇も内股になって、もじもじしている。

きっと、淫らな巫女舞を見て、昂ったのだろう。白い打ち掛けに角隠しをつけ、耳を真っ赤に染めて、目を伏せている美宇を見ると、我慢できなくなった。

亮一はそっと美宇を抱き寄せて、唇を重ねた。

唇を合わせながら、白い打ち掛けから伸びた美宇の手を袴の股間に導く。

袴の上からでも、イチモツがいきりたっているのはわかるはずだ。美宇は戸惑っていたが、やがて、それをおずおずとさすりはじめた。

亮一が舌を押し込むと、美宇も一生懸命に舌をからめてくる。そうしながら、テントを張っている屹立を袴越しになぞりあげている。

やがて、雅楽がやんで、千香子が覚束ない足取りで、控えにやってきた。

「あとは任せたわよ」

二人に向かって言う。

すぐに、ステージに白い布団が敷かれ、宮司が何か言って、雅楽が流れ出した。これまでとは違う曲だ。

横笛の音が高く響くと、千香子が確かめるように言った。

「出番よ。わたしが教えたとおりにすればいいから。大丈夫よね？」

亮一と美宇は顔を見合わせて、静かにうなずく。

それから、二人は猿田彦とオタフクのお面をつけて、ステージに出ていった。

4

二人は布団の上で向かい合って、深々と頭をさげる。

こういう手順でと、千香子に教わっていた。

二人ともお面をつけているものの、目は見えるようにできている。

今もなお、三人の巫女に肉棹を頬張られながらも、有力者たちはじっと儀式がはじまるのを見守っていた。禰宜や権禰宜による雅楽はつづいていて、ともすれば淫靡になりがちなこの空間に雅やかで聖なる雰囲気をかもしだしている。

美宇が打ち掛けを脱いで、布団の上に敷いた。この打ち掛けに散った赤い破瓜の血が処女である証となる。

美宇は白い着物姿になり、さらに、角隠しも外す。

高島田に結われた黒髪が、美宇をいっそう清楚に見せていた。

その姿に胸を高鳴らせながら、亮一は猿田彦の衣装を脱いでいく。ついには褌《ふんどし》だけの格好になって、参列者のほうを向いて、立つ。

すると、その前にしゃがんだ美宇がオタフクの面を外して、褌の前を解いた。

美宇は参列者には背中を見せる格好なので、お面を外しても、顔は明らかにはならない。

すでにいきりたっているものを美宇は目にして、亮一を見あげてきた。

猿田彦のお面をかぶった亮一が、いいよ、という意味を込めてうなずくと、美宇が顔を寄せてきた。

白無垢の袖から伸びた手指で根元を握り、先端にキスをする。

口紅で赤くぬめる小さな唇を窄めて、亀頭部をおずおずとついばんでくる。

まだ逡巡に満ちているものの、落ち着いている。

あれから、どうやら千香子にフェラチオの指南を受けたらしいのだ。

ちゅっ、ちゅっと頭部にキスをすると、亀頭冠の真裏を舐めてきた。いきりたちを腹部に押しつけるようにして、裏筋の発着点にちろちろと舌を走らせる。

まだまだぎこちないが、この前と較べて、ずっと上手くなっている。

しかも、美宇はこれを衆人環視のもとでやっているのだ。

やはり、いざとなると女性のほうが度胸が据わっているのだと思った。

雅楽の笛の音がそれを急かすように高まり、美宇が上から頬張ってきた。

両膝を突いて、途中まで唇をすべらせる。

頬張ってから、根元を握っていた手を離して、一気に奥まで咥え込んできた。切っ先が喉を突いたのか、

「ぐふっ、ぐふっ」

と、噎せた。だが、怯むことなく、美宇は頬張りつづける。

モジャモジャの陰毛に赤い小さな唇が接するまで深々と咥え込んだまま、肩で息をする。

それから、ゆっくりと顔を振りはじめた。

「ああ、くっ……！」

亮一はもたらされる快感に唸った。

自分は参列者のほうを向いているのだが、猿田彦のお面をかぶっているせいで、外界と遮断されたようになっていて、他の者たちはあまり気にならない。それでも、三人の巫女たちが有力者の股間のものを舐めたり、咥えたりしていることはわかる。

下を見ると、お面の覗き穴から、髪を高島田に結った美宇が一生懸命に唇をすべらせるその様子が見て取れた。

髷に刺された金色に輝く簪がきらきら光って、揺れている。

白無垢の花嫁衣装が美しい。赤い口紅のされた唇がO字に開いて、勃起にまとわりつき、ぐちゅぐちゅと淫靡で神聖な唾音が聞こえる。

（ああ、最高だ……！）

亮一はひろがってくる愉悦を満喫した。

実際にする前は、羞恥心が先立つと思っていた。だが、いざとなると、この行為に没頭できた。

美宇は亮一の腰にしがみつくようにして、ひたすら顔を打ち振る。

高島田に結った黒髪の揺れが増してきた。

白い着物と帯、白足袋がはだけた裾から見えている。

美宇の顔はどこか陶然として、恍惚《こうこつ》としているようにも見える。

そのとき、ピーィとヒチリキの音が一段と高く鳴り響き、それが亮一を突き動かした。

美宇の口から勃起を外すと、美宇は白い帯に手をかけ、シュルッと衣擦れの音をさせて、帯を解いていく。

男も女も神様の前では、何も隠していないという事実を明らかにするために、一糸まとわぬ姿にならなければいけないらしい。

帯が完全に解けて、白い着物の前がはだけた。

内側には何もつけておらず、美宇の抜けたように白い肌があらわになり、乳房のふくらみと桜色の頂、下腹部の淡い翳りまでものぞいている。

白い着物を脱がせ、オタフクのお面をかぶせる。そして、参列者に見えるように美宇を立たせ、亮一はその前にしゃがんだ。

今、美宇はオタフクのお面をかぶり、白足袋を履いているだけで、他には何もつけていない。

亮一はそのあらわな裸身の前にしゃがんで、愛撫する。

猿田彦のお面はまだかぶっている。白い逆立った眉に赤く高い獅子鼻――。

その天狗のごとく尖った鼻でたわわな乳房をツンツンと突いた。さらに、乳首のあたりを鼻先で刺激してやる。

オタフクの面から戸惑いの声が洩れて、美宇はいやいやをするように顔を振る。

やはり、感じるよりも怖さが先に立つのだろう。

亮一は鼻を離して、両手で乳房を持ちあげるようにして揉みしだく。

美宇は小柄だが、乳房は大きい。その豊かな乳房を参列者に見られながら、揉みしだかれる気分はどうなのだろう？

きっと、恥ずかしくて居たたまれない気持ちだろう。

だが、たわわなふくらみを揉みあげるうちに、指に触れる乳首がそれとわかるほどに硬くしこってきた。

そして、美宇がオタフクのお面のなかで、

「んっ……あっ……んっ、ぁあうぅぅ」

と、くぐもった声を洩らしはじめた。

尖ってきた乳首を指でつまんで、転がすと、カチカチの突起が右に左にねじれて、

「んっ……んっ……ぁあぁあぁぁ」

オタフクのお面から、美宇の喘ぎが洩れる。

がくっ、がくっと膝が落ちかけている。

亮一は猿田彦のお面を上にあげて顔をあらわにする。背中を向けているので、参列者から顔は見えないはずだ。

亮一はじかに乳首を口に含み、舌であやした。舐めたり、吸ったりしながら、右手を薄い翳りの底に伸ばして、潤みの底を指でなぞる。

と、雌芯はそれとわかるほどに濡れそぼり、指腹にぬるっとしたものが粘りついてきた。

「あっ……あっ……」

短く喘いでいた美宇が、恥ずかしげに下腹部を擦りつけてきた。もっと触ってとばかりに、濡れ溝を押しつけてくる。

機は熟した。

そう感じたときに、ヒチリキの音がまた一段と高く響き、それを合図に美宇を布団

の上に倒した。

布団には白い打ち掛けが敷かれていて、その上に静かに美宇を仰向けに寝かせる。両手をつかんで、万歳の形に押さえつけ、あらわになった乳房にキスをする。顔を寄せて、乳首を舐めると、

「あっ……あっ……」

美宇は敏感に応えて、びくっ、びくっと肢体を震わせる。

顔をおろしていき、若草の茂みの底に舌を伸ばした。

狭間を舐めると、そこは潤みきっていて、舌が敏感な個所に触れるたびに、美宇は鋭く喘ぎ、自由になった両手で打ち掛けを握りしめる。

美宇は今、参列者に向かって足を開き、秘密の部分を舐められているのだ。羞恥の極限に違いない。それでも、美宇は確実に高まっていく。

上方のクリトリスを舐めると、「ぁあああ」と美宇は喘ぎ、もっと欲しい、とばかりに下腹部をせりあげてきた。

すでに女の園は愛蜜でぬらつき、舐めきれないほどの淫蜜が次々とあふれでている。

亮一は片足をすくいあげて、いきりたつものを右手で導き、女芯に押しつけた。

腰を振ってぬるぬると擦りつけると、切っ先が狭間を行き来して、

「ぁああ、あああ……！」

美宇がいやいやをするように首を振った。

そのとき、オタフクのお面が外れて、美宇の顔が現れた。

だが、美宇は顔を隠そうとはしなかった。きっと気持ちも肉体も昂って、顔に意識が至らないのだろう。

この位置なら、美宇の顔は参列者には見えないはずだ。脇に控えている雅楽を演奏している禰宜や権禰宜には見えるかもしれないが、彼らはすでに、花嫁が糸原美宇であることを知っている。

美宇が気にならないなら、お面などないほうがいい。

処女を失うときの美宇の表情をじかに見たい。この目で確かめたい。

切っ先でさぐって、じっくりと慎重に進めていく。

（ここか？　いや、もう少し下か？）

処女膜の位置をさぐった。柔らかく招き寄せるところがあって、そこに切っ先を押しつけて、ゆっくりと力を込める。

そこはすでに洪水状態なのに、なかなか入っていかない。

それが、美宇が正真正銘のバージンであることを伝えてくる。

腰の角度を変えたとき、切っ先がとても窮屈なところを押し広げていき、

「くうぅっ……！」

美宇が鳩《はと》のように鳴いて、顔をくしゃくしゃにした。よほどつらいのか、両手でシーツと化した打ち掛けを鷲《わし》づかみして、顎をせりあげている。

亮一がさらに腰を進めると、切っ先が処女地を切り開いていく確かな感触があって、

「あああぁぁぁ……！」

美宇が悲鳴に近い声を放って、のけぞり返った。

打ち掛けをぎゅっと握り、眉根を寄せて、処女喪失のつらさに耐えている。その哀切な表情が、亮一に自分が美宇を女にしたのだという思いを強くさせる。

今、二人ともお面を外している。

亮一は覆いかぶさっていき、小声で訊いた。

「大丈夫？」

美宇がうなずく。

つぶらな瞳は涙ぐんだように潤んでいるが、うなずき方には力強さが感じられた。

「うれしいよ。美宇を女にできて」

小声で言うと、美宇は自分からキスを求めてきた。

亮一が唇を重ねていくと、美宇は抱きつくようにして自らも唇を押しつけてくる。

美宇は今、破瓜の悦びを感じているのだと思った。

いくら神様に捧げる破瓜の儀式であっても、衆人環視のもとでロストバージンをすることに、戸惑いはあるはずだ。しかし、それ以上に美宇はこの瞬間を悦びと感じている。

女は強いのだ。

美宇も他人の視線を快楽に変える能力を持っているのかもしれない。

舌を差し込むと、美宇はそれに応えて舌をからめてくる。舌と舌が擦れ、重なる。舌先をちろちろと触れさせてから、亮一は唇を離す。すると、二人の口の間に唾液の糸が伸びて、美宇は恥ずかしそうに目を伏せた。

たまらなくなって、亮一はまた唇を重ねながら、ゆっくりと腰を動かした。

「んんっ……んんんんっ……んんんんんっ……」

美宇は顔をしかめて、つらそうに呻く。

破瓜した膣が痛むのだろう。

いったんストロークを止めて、また舌をからめる。舌と舌をぶつけながら、乳房を揉みしだいた。柔らかな肉層に指が食い込み、しなやかな肉がたわむ。

だが、指が乳首に触れると、

「んっ……！」

美宇はびくっとして、自分から唇を重ね、舌をからめてくる。

硬くなった乳首をつづけて捏《こ》ねるうちに、

「ぁあああ……」

キスしていられなくなったのか、美宇が喘いだ。

亮一は背中を丸めて、乳首を口に含んだ。尖っている乳首を舌であやし、吸いながらかるく抜き差しをする。

「ぁあああ、感じる。感じます……ぁあああ、ぁあああああうぅぅ」

美宇は亮一の顔を胸のなかに抱きしめつつ、心から感じているという声をあげつづける。

亮一は左右の乳首をしゃぶりながら、ゆるく腰をつかった。

初体験にもかかわらず、美宇が少しずつ感じていくのがわかった。後ろからの視線は感じる。が、美宇の愛撫に集中しているせいか、さほど気にならない。

美宇がストロークに慣れてきたのを感じて、亮一は上体を立てた。

美宇の膝裏をつかみ、押し広げながら押しつけて、上から打ちおろし、途中からしやくりあげる。

「ぁあぁ、くうぅ……！」

美宇がつらそうに歯列を合わせて、眉根を寄せた。

この体位だとさっきより挿入が深くなるから、苦しいのだろう。それがわかるから、意識的にゆっくりと慎重に打ちおろしていく。

美宇のはかなげな繊毛の底に自分の肉棹が嵌まり込み、出てくるところが、はっきりと見えて、

（ああ、俺はとうとう美宇のバージンを奪ったんだ！）

実感が込みあげてきた。

慎重に腰を動かしつづけているうちに、徐々に美宇の気配が変わってきた。

美宇は丸々とした乳房を波打たせ、顎をせりあげながらも、

「ぁあぁあぁ……ぁあぁあうぅぅ」

と、泣いているような喘ぎをこぼす。

だが、それが痛みからだけ来るものではないことは、何となくわかる。美宇は今、心から感じてくれているのだ。

自分を生贄《いけにえ》として神様に差し出すことの悦びのようなものが、美宇の性感をいっそ

う昂らせているのかもしれない。

いったんストロークを止めたとき、潤みきった粘膜がもっと欲しいとばかりにうごめいて、勃起を内側へと誘い込むような動きをした。

亮一はゆったりと大きなストロークをつづけながら、小声で訊いた。

「気持ちいいかい？」

「はい……気持ちいい。苦しいけど、気持ちいい……本当よ。ほんとに気持ちいい……もっと、もっと、もっとして！」

美宇がそう自分からせがんできた。

亮一はいったん結合を外して、美宇を布団に四つん這いにさせた。

ちらりと参列者のほうを見たとき、心臓が止まりそうになった。さっきから、感じていた性的な熱気はこれが原因だったのだ。

三人の有力者が胡座《あぐら》をかき、その上に、オタフクのお面をかぶった巫女たちが向かい合う形で座って、腰を振っている。対面騎乗位だ。

赤い袴がめくれあがって、太腿や尻がのぞいている。

参列者のなかには、白衣の胸元をはだけさせて、乳房にしゃぶりついている者もいる。

「ぁああ、ぁあああ……」

と、ひとりの巫女の喘ぎ声が聞こえた。

その声に聞き覚えがあった。矢代まり江だった。まり江も巫女の一員として、神の使いとして、参列者にご奉仕をしているのだ。

三人とも、多額の寄付をしている大物だった。きっと、そのお礼として、豊年祭の夜には巫女を抱かせているのだろう。

亮一はふたたび目の前の光景に目をやる。美宇は祭壇に頭を向けて、四つん這いになっている。そして、祭壇には今日神輿に使った、木彫りの大男茎形が直立している。

長さ二メートルの巨大男根の雁首《かりくび》のところに注連縄《しめなわ》が巻きつけられ、白いひらひらした紙垂《しで》がついていた。

それを敬《うやま》うような形で美宇は頭《こうべ》を垂れて、尻をこちらに突き出している。

そして、亮一は見た。

シーツ代わりの白い打ち掛けに、淡い朱色の破瓜の血が一箇所、ついているのを。

(そうか、やっぱり美宇はバージンだった。そして、これを見れば、みんなも美宇が清い身であったことを知るだろう)

亮一はいきりたつものを尻たぶの底に擦りつけて、慎重に埋め込んでいく。

今回も入口は窮屈だった。

とても狭い個所を突破して、切っ先が細道を押し広げていき、

「あうぅぅ……！」

美宇は背中を弓なりに反らせて、打ち掛けをつかんだ。

巨乳と較べると、美宇のヒップはこぢんまりしており、ぷりっとしてかわいらしい。

その上の細腰をつかみ寄せて、亮一はゆっくりと静かに腰をつかう。

「ぁああ、くっ……くっ……！」

美宇はつらそうに、打ち掛けをつかんでいる。

だが、慎重に抜き差しをするたびに、なかの粘膜がねっとりとからみつくようになり、同時に濡れも増してきた。

ついには、美宇は両肘を突いて上体を低くし、尻を高く持ちあげる体勢を取り、

「ぁああ、わたし、へんよ。気持ちいいの……気持ちいいの」

心からの声をあげる。

じつは、儀式で処女を奪われた女性が感じるほどに、その年は五穀豊穣で、地元の人々が子宝に恵まれるという言い伝えがあるらしい。

『花嫁がイッたら、もうその年は最高の年になるらしいわよ』

と、千香子からも聞かされていた。

（イッてほしい。美宇がイケば、きっと俺たちの縁もさらに結ばれるはずだ。将来は結婚なんてこともあるかもしれない！）

亮一は逸る気持ちを抑えて、ゆっくりとストロークする。ここで焦ったら、ダメだ。

背後からは、「あっ、あっ、あっ」という巫女たちの喘ぎ声が徐々に高く聞こえつつあった。

そのとき、いきなりオタフクのお面をつけた巫女が入ってきて、流麗な舞を舞いはじめた。お面をかぶっていてもわかる。千香子だった。

右手に持った神楽鈴がシャンシャンシャンと打ち鳴らされ、右手に持った木彫りの男根が突きあげられる。

千香子は巫女舞をしながら、亮一と美宇の周囲をまわる。

それはまるで、二人のセックスの奉納を応援しているようだった。

千香子が登場して、場の雰囲気が変わった。

雅楽の演奏も佳境を迎え、ついには太鼓《たいこ》が打ち鳴らされる。宮司がバチを持って太鼓を叩いているのだった。

ドォーン、ドォーンと太鼓の音が空気を振動させ、それが亮一をけしかけてくる。

（もっと突け！　もっと突け！）

そう急かしているようにも思える。

太鼓の力強い音に、シャン、シャン、ジャラララ……と鈴の音が混ざり、千香子の緋袴が躍る。

それにつれて、「あん、あん、あん」という巫女たちの喘ぎも加わって、場は一気にクライマックスを迎えようとしていた。

亮一も徐々に強く腰をつかいはじめる。

バックから突かれて、前後に揺れながらも、

「あんっ、あんっ、あんっ……」

美宇が甲高い声を放ち、打ち掛けを握りしめて言った。

「怖いわ……！」

「平気だ。俺がついてる。いいんだよ、もっと気持ち良くなっても。いいんだ。いいんだから」

締まりのいい膣がざわめくようにからみついてくる。それを押し退けるように打ち込みながら、亮一も我慢できなくなっていた。

奥歯を食いしばって、打ち据えた。

「あんっ、あんっ、あんっ……ぁあああ、へんよ、へん……イクんだわ。きっと、イクんだわ」

美宇がさしせまった声を出す。

「いいんだ。俺も、俺も出そうだ！」

亮一は激しく叩き込んだ。

ドン、ドドンという太鼓のリズムが加速度的にあがり、横笛の音も高まり、千香子は二人の周囲を舞いつづけ、三人の巫女たちも「ぁあああ、あああ」と歓喜の声を長く伸ばす。

今しかない。

「イケ。イッていいぞ！」

亮一が腰をつかみ寄せて、つづけざまに打ち込んだとき、

「あんっ、あんっ、あんっ……ぁあああああ、イクんだわ。イクんだわ……いやぁあああああああぁぁぁぁぁぁ、くっ！」

美宇が汗ばんだ背中をいっぱいに反らして、がくん、がくんと躍りあがった。

それを確かめて、もうひと突きしたとき、亮一も放っていた。

熱い男液がすごい勢いで噴き出して、美宇の体内へと注がれる。

これ以上の至福があるとは思えなかった。

亮一が長々とした射精を終えたとき、雅楽も舞もやみ、巫女たちの喘ぎ声もやんだ。

放出を終えた亮一は猿田彦のお面をかぶり、ぐったりしている美宇にもオタフクのお面をつけさせ、美宇をお姫様だっこで控室へと運んでいく。

控室で恥ずかしそうにしがみついてくる美宇を、亮一はがっちりと抱きしめた。

5

どうにかして猿田彦役を務めた亮一は、無事にアルバイトも終えて、翌日に神社で給料袋を直接もらった。神社を出ようとすると、巫女姿の千香子が声をかけてきた。

「ご苦労さまでした」

「ああ、はい……」

「今年の年末なんだけど、うちでまたバイトしない？　年末年始は本当に忙しいのよ。それとも、あれ？　美宇ちゃんと年越ししようなんて思ってる？」

「ああ、いや……まだ、そんな話までは」

「じゃあ、うちで働きなさいよ。いい返事をくれなかったら、わたしがきみの童貞を奪ったことを美宇ちゃんに伝えちゃおうかな……」

「ちょっと！　わかりました。年末年始はここでバイトします」

「わかればいいのよ。どうせ、これから美宇ちゃんに逢うんでしょ？　明日からは東京だものね」

「はい……」

「妬《や》けちゃうわ。でも、応援するから頑張ってね。しばらくは逢えないんでしょ？」

「はい……」

「じゃあね」

千香子はくるりと踵を返して、社務所のほうにすたすたと大股で戻っていく。

(すべては、千香子さんにここで呼び止められたときから始まったんだよな。俺の初めての女、そして、俺を男にしてくれた恩人だ)

亮一は鳥居のところで、神社のほうに向かって深々とお辞儀をした。

それから、自転車で美宇との待ち合わせ場所に向かう。

川沿いにある四阿《あずまや》で自転車を止めると、すでに美宇は待っていた。

自転車を止め、四阿の長椅子に腰をおろして、美宇と二人で、流れる川を眺める。

美宇は明日からまた短期大学が始まる。亮一も明日には東京に戻るから、逢えるのは今日だけだ。

このへんの桜の開花時期は四月中旬で、川沿いに並ぶ桜の木々の蕾《つぼみ》はまだ小さなままだ。

春のコートをはおった美宇は、昨夜とは別人のようだ。

ニットを突きあげた大きな胸のふくらみ、ととのった横顔に大きな目……これが現実の美宇なのだ。周囲に人影はない。亮一はおずおずと手を肩に置いて、抱き寄せた。

美宇が頭を凭せかけてくる。

「今日は一緒に過ごしたいね」

「ええ……」

「昨日は慌ただしかったから、今日はちゃんとしたい。ちゃんと美宇を抱きたい」

思いを告げると、美宇がうなずいた。

目が合い、二人はどちらからともなくキスをする。かるいキスが徐々に激しいものに変わっていき、舌をからめあった。

美宇の息づかいが荒くなり、ニットを押しあげた胸が弾んでいる。

キスをやめて、美宇に言った。

「ホ、ホテルを取ってあるんだ。ラブホとかじゃなくて、ちゃんとしたホテル。初めてだよ、ホテルを取るのは」

「……お金のほうは大丈夫？」

「ああ、任しておいてよ。今日、神社のバイト代もらったから」

亮一は胸のポケットを上から押さえる。

「……頼もしいわ」

美宇がぎゅっと抱きついてきた。

「じゃあ、早速行こうか。そうだな。二人乗りしようか？　しばらく川沿いだから、その間なら二人乗りしても平気だよ」

亮一が自転車のサドルをまたぐと、美宇が荷台に横向きに座って、亮一の腰に抱きついてくる。

「行くよ」

亮一は勇んでペダルを踏み込んだ。

最初は加速がつかずにふらふらしていた自転車がやがて安定し、美宇は歓声をあげながら、亮一の腰にぎゅっとしがみついてきた。


（了）

＊本作品はフィクションです。作品内の人名、地名、団体名等は実在のものとは関係ありません。

長編小説
巫女《みこ》のみだら舞《ま》い
霧原一輝《きりはらかずき》
2022年3月7日　初版第一刷発行

ブックデザイン……………………　橋元浩明(sowhat.Inc.)

発行人……………………………………後藤明信
発行所…………………………………株式会社竹書房
〒102-0075　東京都千代田区三番町８－１
三番町東急ビル６Ｆ
email：info@takeshobo.co.jp
http://www.takeshobo.co.jp
印刷・製本………………………中央精版印刷株式会社